夜阑卧听风吹雨

——流传千古的爱国主义诗词

武庆新 / 著

北京工业大学出版社

图书在版编目(CIP)数据

夜阑卧听风吹雨：流传千古的爱国主义诗词 / 武庆新著. —北京：北京工业大学出版社，2016.3

ISBN 978-7-5639-4596-2

Ⅰ. ①夜… Ⅱ. ①武… Ⅲ. ①诗词—作品集—中国—古代 Ⅳ. ①I222

中国版本图书馆 CIP 数据核字（2016）第 012690 号

夜阑卧听风吹雨——流传千古的爱国主义诗词

著　　者：武庆新
责任编辑：贺　帆
封面设计：尚世视觉
出版发行：北京工业大学出版社
（北京市朝阳区平乐园 100 号　邮编：100124）
010-67391722（传真）　bgdcbs@sina.com
出 版 人：郝　勇
经销单位：全国各地新华书店
承印单位：九洲财鑫印刷有限公司
开　　本：787 毫米×1092 毫米　1/16
印　　张：16.25
字　　数：155 千字
版　　次：2016 年 3 月第 1 版
印　　次：2016 年 3 月第 1 次印刷
标准书号：ISBN 978-7-5639-4596-2
定　　价：30.00 元

前　言

“爱国主义就是千百年来巩固起来的对自己祖国的一种深厚的感情。”这是伟大的无产阶级革命家列宁对爱国主义的理解和定义。确实如此，爱国主义是一种历史积淀的情感，是生于斯长于斯的深切眷恋和热爱，是中华精神的魂和根，是千百年来中华民族的优良传统。

打开中华民族五千年的文明史册，它的每一页都记录并闪耀着爱国主义的光辉。中华民族的爱国志士，我国历代的爱国诗人和政治家，他们为了国家的独立和繁荣，为了民族的自由和发展，谱写了一曲曲响彻云霄的爱国主义赞歌，留下了一首首流传千古的爱国主义诗词，激励人心、催人奋进。

而这些爱国主义诗词，最早可追溯到先秦时期。早在先秦时期，忧国忧民的诗人为了保卫国家、维护民族尊严，就发出呐喊，留下了许多饱含爱国主义思想的传世名篇和千古绝唱。比如，吟咏“身既死兮神以灵，魂魄毅兮为鬼雄”的屈原就是一位怀有强烈爱国情感的诗人，他在楚国复兴无望之时，悲痛欲绝，最后自沉汨罗江，以死明志。

后来，这份坚贞不移、矢志不渝的爱国情感在后世得到继承和发扬。每当国家危难、民族危亡的时刻，众多的爱国诗人总是忧心如焚，总会歌咏心志，传达爱国之志，践行爱国誓言，为爱国事业而奔走呼号。

比如，王昌龄的“黄沙百战穿金甲，不破楼兰终不还”坚定而执着，报国之志至死方休；杜甫的“白头搔更短，浑欲不胜簪”忧国念家，感情真挚而浓烈；岳飞的“壮志饥餐胡虏肉，笑谈渴饮匈奴血”气壮山河，对敌军满腔愤恨；李清照的“生当作人杰，死亦为鬼雄”壮怀激烈，爱国之情激昂博大；陆游的“王师北定中原日，家祭无忘告乃翁”忧心国事，国仇未报死不瞑目；文天祥的“人生自古谁无死，留取丹心照汗青”视死如归，面对生死淡定从容；林则徐的“苟利国家生死以，岂因祸福避趋之”无私无畏，倾心为国……

我国历代的爱国诗人、词人在国危时艰的时刻写下了无数的爱国主义篇章。而这些诗词流传千古、浩气长存、壮怀激烈，读来不禁令人荡气回肠、热血沸腾、感慨万千。其实，这就是爱国主义诗词的力量。也正是有了这些前赴后继的爱国者，这些炎黄子孙的钢筋铁骨，才撑起了中华民族的脊梁。

古人云：不读诗词，不足以知春秋历史；不读诗词，不足以品文化精髓；不读诗词，不足以感天地草木之灵；不读诗词，不足以见流彩华章之美。而爱国主义诗词更是有一种激荡人心的力量。从这些爱国主义诗词中，我们的心灵得到净化，信念更加坚定，意志变得不屈。

本书旁征博引，选取了中国历史上流传千古的爱国主义诗词名篇，并结合这些爱国诗人的人生经历和时代背景，深度解析蕴藏在他们内心的浓烈的爱国之心、报国之志，让一首首壮怀激烈的爱国主义诗词滋养我们的心灵，丰富我们的精神，陶冶我们的情操。

而且，更重要的是，在这里，我们要告诉后人，有那么一群人，他们真实地存在过，他们具有浓烈的爱国热情，怀有坚定、伟大的报国之志，他们的理想和信念并没有因为有限的生命戛然而止，而是永世长存。

下面，就让我们翻开书页，让我们重温古人，献给后人，成就今人。

目　录

第一章　先秦时期的爱国主义诗词

第二章　魏晋南北朝时期的爱国主义诗词

第三章　唐宋时期的爱国主义诗词

第四章　明清时期的爱国主义诗词

第一章　先秦时期的爱国主义诗词

先秦时期的诗歌是我国诗歌的源头，它们在我国诗歌的发展史上扮演着十分重要的角色。而且，我国诗歌的爱国主义思想也发源于此，在这段时期，诞生了我国第一位爱国主义诗人，成就了我国诗歌史上的一座丰碑。从此，我国诗歌中的爱国主义思想得到了广泛的传播和推广，激励和鼓舞了一代又一代的爱国志士和有为青年。

小雅·采薇

周朝是第三个也是最后一个世袭的奴隶制王朝，还是“华夏”一词的创造者和最初的指代。但是，需要注意的是，自从周朝建立以来，它就一直外患不断，经常会受到狄、戎等游牧部落的侵扰。

当时，周王朝东有徐戎，南有荆楚，西有戎狄。而这些部族中对周王朝入侵最严重、危害最大的当属以猃狁为首的西方戎狄部落。尤其是到了周厉王时期，周朝连年征战，百姓苦不堪言。后来，周厉王薨逝，太子静即位，是为周宣王。周宣王即位后，励精图治，政通人和，可戎狄对周朝的入侵仍旧丝毫不知收敛。鉴于此种情况，周宣王决定实施反击，严厉打击戎狄的入侵。

就这样，周宣王五年（公元前 823 年），宣王命大臣尹吉甫率军在焦获（今陕西泾阳西北）进攻猃狁（也作“玁狁”）。这年三月，西北猃狁侵犯周朝边境，聚集在焦获，前锋已经抵达泾阳，威胁着周朝都城镐京的安全。

于是，六月，周宣王当机立断，命令大臣尹吉甫率军反攻。尹吉甫文武兼备，以10乘战车作为核心组成精锐的部队，向焦获开进。由于人民的支持，周军日行30里，以优势兵力击败了猃狁，继而追击至太原（今甘肃庆阳一带）。随后，周宣王又派武臣南仲率兵于泾阳北筑城设防，寻找时机攻击猃狁，从而暂时缓解猃狁的威胁，征伐取得胜利，边防也得以巩固。由于这场顺利、漂亮的保卫战，周宣王又被称为“中兴贤王”。

也就是在这一年，一场描写这次征伐、抗击猃狁战争的诗篇也应运而生了，它就是《小雅·采薇》。这篇诗作，模仿一个戍卒的口吻，集中表达了饱尝战争艰辛的士兵们的痛苦心情，士兵们戍边的苦况和保家卫国的斗争意识，表现出他们对侵略者的憎恶和思乡怀土的复杂心情。

下面，我们就来一起看一下这篇诗歌。这篇诗歌交织着恋家思亲的个人情感和为国赴难的责任感。这两种看似矛盾却又真实存在的思想感情，构成了全诗的情感基调。

采薇采薇，薇亦作止。

曰归曰归，岁亦莫止。

靡室靡家，玁狁之故。

不遑启居，玁狁之故。

采薇采薇，薇亦柔止。

曰归曰归，心亦忧止。

忧心烈烈，载饥载渴。

我戍未定，靡使归聘。

采薇采薇，薇亦刚止。

曰归曰归，岁亦阳止。

王事靡盬，不遑启处。

忧心孔疚，我行不来！

彼尔维何？维常之华。

彼路斯何？君子之车。

戎车既驾，四牡业业。

岂敢定居？一月三捷。

驾彼四牡，四牡骙骙。

君子所依，小人所腓。

四牡翼翼，象弭鱼服。

岂不日戒？猃狁孔棘！

昔我往矣，杨柳依依。

今我来思，雨雪霏霏。

行道迟迟，载渴载饥。

我心伤悲，莫知我哀！

全诗大意如下：“采薇采了一大把，薇菜芽已经长大。说要回家，可眼看一年就要结束了还不能实现。这种有家等于没家的日子，全是因为猃狁入侵的缘故。甚至没有坐下来休息的时间，也是为了要跟猃狁厮杀。采薇采了一大把，薇菜芽还十分柔嫩。说要回家，心中就忧闷不平，充满牵挂。

而且，满腹的忧愁，又饥又渴，真是身心俱疲啊。但是，防地调动还没有定下，书信也无法捎回家。采薇采了一大把，薇菜已经变得粗硬。说要回家，转眼十月又到了，依旧没有实现。防地的差事没个终了，连休息的时间也没有。此时不禁满怀痛苦，生怕从此回不了家。

“什么花儿开得盛？那是开得密密层层的棠棣花。什么车又高又大？那是将军乘坐的高大战车。现在，驾起兵车要出战，四匹壮马一起奔腾。兵士们身在边地丝毫不敢图安居，一月要争胜好几回。这时，又驾起四匹大公马，马儿雄壮又高大，威武的将军倚靠着战车而立，兵士们也倚靠着它向前推进，与敌人战斗。定睛看去，四匹马儿十分的整齐，鱼皮箭袋雕弓挂。而且，每天都要加强戒备，军情紧急时更是来不及卸甲。

“回想当初出征的时候，杨柳依依随风摇摆。如今回来的路上，大雪满天纷飞。而且，道路泥泞难走，归途中又渴又饥真劳累。此时，满心的伤感和悲痛，又有谁能够体会呢？”

显然，《小雅·采薇》这篇诗作描写了一个卸甲归来的戍役军士的所忆、所念、所感。昔日，士兵们离乡背井，远赴边地，为了国家，抗击入侵，与敌人进行艰苦激烈的战斗，如今战争胜利，得以重返家园，不禁感慨万千。

实际上，这是一首以战争为题材的表现下层人民爱国主义思想感情的优秀作品。在这篇诗歌中，充分表现了士兵们在国家危难、大敌当前之际表现出来的保家卫国的战斗意志以及思乡怀土的复杂心情。

总体来说，全诗共六节（每四句为一节），可分为三层。其中，前三节为一层，描写了士兵们的追忆思归之情，并交代了难归的原因。第四节、第五节为一层，描写了将士们行军作战的军旅生活，突出反映了将士们的大局意识和爱国情结，写出了军容之壮、戒备之严，使得全诗的气势在此为之一振，其情调又由思归之情转为激昂的战斗热情。

在第四节的前二句中，诗人自问自答，以“维常之华”带出“君子之车”，字里行间流露出了出征将士们雄赳赳气昂昂的豪情壮志。接着，“戎车既驾，四牡业业。岂敢定居？一月三捷。”诗人围绕战车描写了战斗时的场景：在战车的掩护和将帅的指挥下，士兵们紧随着战车和将帅英勇奋战、冲锋陷阵。这个战斗场景的描写，极力渲染了士卒们虽然恋家思亲，但是国难当头之际，他们仍然不避刀锋，英勇无畏，不怕牺牲的精神。

在第五节中，士卒们的这种精神得到了进一步细致的描写。在这里，“四牡翼翼，象弭鱼服。”诗人由描写战斗的场面转向描写将士们的装备，而且将士们高度警惕、天天严阵以待。“岂不日戒，玁狁孔棘”显示出了出征将士们高度警惕的精神状态，而士卒们的爱国热情和斗志也在这惨烈的战斗中得到了充分的体现。

也正是因为这样，士卒们才久戍难归。可是，这是一场保家卫国、守卫疆土的正义之战，国家的生死存亡全系于此战。所以，将士们虽然饱受饥寒，处于“载饥载渴”的处境，牵挂亲人，“忧心烈烈”、“忧心孔疚”、“我心伤悲，莫知我哀”，但是仍能够识大体、顾大局，忍受着思乡之苦，以抵御外敌入侵为重，积极地参加战斗，英勇抗战、奋勇杀敌，从而“一月三捷”，捷报频传。

显然，士卒们为了保家卫国，为了保卫和平和安宁而甘愿牺牲、守卫边疆。这不仅充分反映了古代士卒们那种纯朴、高尚的品质，更体现了士卒们勇敢、顽强的战斗精神和保家卫国的伟大理想。因此，在漫长的归程中，士卒们追忆起昔日与外敌抗争、出生入死的战斗生活。在战斗结束之后，士卒们又表现出了一种自豪和骄傲。

最后，在第六节，诗人在归程途中忆昔伤今，在九死一生的激烈战斗过后，面对着越来越近的家乡，不禁“近乡情更怯”，生出无限的伤感。事实上，在这里，诗人真实地描绘出了士卒们思家恋土和保家卫国的复杂心理。

一方面是怀乡情结，一方面是战斗意识，同时交织着恋家思亲的个人情感和为国赴难的责任感。就这样，诗人把现实生活赋予士卒们的朴实、真挚、深厚而又复杂的爱国主义情感，成就了这篇饱含着士卒们伟大的爱国热情的爱国主义诗篇，深刻地反映了下层民众也不缺少国家兴亡、匹夫有责的责任感和爱国意识。

总之，这是一篇壮怀激烈的爱国主义诗作，是对下层士卒爱国之情的赞歌。它必将激励着一代又一代人更好地理解爱国主义和历史责任感，从而为祖国奉献自己的一份力量。

秦风·无衣

在历史的长河中，我们往往会发现，历朝历代的仁人志士、英雄豪杰大都信奉并遵从着一种为国家、为民族慷慨赴难、英勇无畏的精神准则。而这种精神准则说到底就是对国家的忠诚和热爱、对民族的坚守和执着，是一种爱国主义思想的萌发和表现。

确实如此，爱国主义思想是炎黄子孙的根，是英雄的魂。正如金庸先生在小说里写的那样："侠之大者，为国为民。"而历来的英雄豪杰、仁人志士首先就要是一个心念祖国、具有爱国思想的人。也正是这些饱含着爱国主义思想的仁人志士，在关键时刻、危急关头，保家卫国，义无反顾，成就了中华民族的奋起、发展和繁荣。

同时，爱国主义也是一种传统，一种积淀，一种前赴后继的理想。伟大革命者列宁同志曾指出："爱国主义就是千百年来巩固起来的对自己祖国的一种深厚的感情。"可见，爱国主义情感是在长期的社会生产实践中产生并发展起来的，它有着深刻的历史渊源，并在世代更迭中得到强化和提升。

而且，在世代的更迭中，在爱国主义思想传递的过程中，大量的热爱祖国、热爱人民的诗人也不甘碌碌，积极地参与其中，替那些为正义而战的英勇行为和无畏精神奔走呼号，甚至身体力行，倡导呼吁，为国发声。所以，从他们的笔下流淌出大量的爱国主义篇章。而我国最早的诗歌总集《诗经》里就保留有不少的深含爱国主义思想的诗歌。

《诗经》在我国文学史上具有举足轻重的地位，它收录了西周初年到春秋中叶五百多年的诗歌三百多篇，奠定了我国诗歌的优良传统，哺育了一代又一代的诗人。尤其是其中的爱国主义诗篇，更是我国文学史上爱国主义诗歌的开篇和源头。

比如，在《诗经·国风》中就有不少洋溢着爱国主义思想的诗篇。其中，《秦风·无衣》就是《诗经·国风》中最著名的爱国主义作品，表现了战士们誓死抵御外侮、英勇为国的大无畏精神。下面，我们就一起走进这篇诗作、一起赏读一下字里行间洋溢着的爱国主义激情和斗志。

岂曰无衣？与子同袍。王于兴师，修我戈矛，与子同仇！
岂曰无衣？与子同泽。王于兴师，修我矛戟，与子偕作！
岂曰无衣？与子同裳。王于兴师，修我甲兵，与子偕行！

全诗的大意如下：“怎么能说没有衣服穿呢？我愿和你同披一件战袍。国家要出兵打仗，要修好我们的戈与矛。我们共同面对敌人！

“怎么能说没有衣服穿呢？我愿和你同穿一件汗衣。国家要出兵打仗，要修好我们的矛和戟。我愿和你一同战斗！

“怎么能说没有衣服穿呢？我愿和你同穿一件下裳。国家要出兵打仗，要修好我们的盔甲兵器。我愿与你一同前进！”

显然，这首诗作字里行间充满了激昂慷慨、同仇敌忾的气氛，让人读来不禁血脉偾张、心潮澎湃，还让人有一种摩拳擦掌、跃跃欲试的冲动。而且，从具体的创作背景来看，这是一首彻彻底底的军旅战歌，诗作意气风发、豪情满怀，反映了秦地人民在大敌当前、国难当头之际，以大局为重，奋起反抗的崇高品质和英雄壮举。

据记载，西周末年，周幽王立宠妾褒姒为后，以其子伯服为嗣，废除申后和太子宜臼。周幽王十一年（公元前 771 年），宜臼逃至申国母舅家，申侯了解事情的原委后，气愤不已，加上申侯早就对周幽王心怀不满，于是联合犬戎伐周。

矛盾重重的周王室又怎能抵挡申侯联军的攻击呢？不久，周王朝大部分土地沦陷，形势岌岌可危。在这样的情况下，靠近周王朝王畿的秦国眼看着外族入侵，国势危急，于是秦哀公决定摒弃成见，率兵奋起反抗，保家卫国。加上秦国当时木深土厚，民性厚重质直，面对如此国难，战士们皆群情激奋，纷纷摩拳擦掌，决心要以大局为重，抗击犬戎入侵。

而这首《秦风·无衣》则深刻地反映出了秦地军民的这种慷慨激昂的英雄主义和英勇无畏的爱国主义精神。

纵观全诗，《秦风·无衣》分为三个段落，每个段落都采用了一种问答式的句式。这种句式的采用对于彰显秦地军民的爱国主义思想可以说是居功甚伟，使得全诗顿时充满了一种激昂情调，让人感受到军士们不怕任何艰难困苦、慷慨互助的战斗热情和爱国激情。正如晚清学者陈继揆在《读诗臆补》中说的那样，“开口便有吞吐六国之气，其笔锋凌厉，亦正如岳将军直捣黄龙”。可见，此篇诗作这种问答的句式就像是一把火，点燃了军士们的战斗热情，这其中有愤怒和愤慨，有不服和抗争。

也正是因为这样，在接下来的诗作中，军士们才积极地“修我矛戈”、“修我矛戟”、“修我甲兵”。这一描写，描述了军士们磨刀擦枪、舞戈挥戟、整装待发的热烈紧张的场面，显示出了兵士们在国家危难之时，责无旁贷、义无反顾、积极奋战的战斗热情。当然，诗作中问答的句式，也反映出了在国家危亡之时，每一个热血男儿身上的高度的爱国热忱和英勇无畏的献身精神。即使是眼下自身有不小的困难，但是也能够慷慨互助，克服困难，共赴国难。

其实，所谓“无衣”是因为当时兵士在统治阶级的残酷压榨下，几乎处于“无衣无褐，何以卒岁”的境地，加上当时军情紧急，征衣一时之间难以凑齐。不过，这对于心怀国难、舍生忘死的士兵来说又算得了什么呢？面对国家危难、生死存亡，即使是一件战袍、一件汗衣、一件下裳，也能够和战友分享，也要和战友们一起共渡难关，挽救国家于危亡。

显然，此时国家遭受到外来侵略，民族矛盾已经上升为主要矛盾，这极大地激起了军士们对外敌的共同仇恨，于是他们决心用自己的生命和鲜血来保卫自己的国家。当然，这种崇高的爱国之情是产生在“同仇”的基础之上的。

于是，军士们不惧艰难，甘愿“同袍”、“同泽”、“同裳”。这也从侧面真切地反映出了大敌当前、国家危难之际，军士们勇于克服困难，团结互助，誓要齐心协力、共赴战场的决心。同时，在诗作中，“同仇”、“偕作”、“偕行”也体现出军士们团结一心，同仇敌忾，共同奔赴战场，一起誓死捍卫疆土的义愤之情。

另外，这首诗作还采用了回环往复、重叠复沓的形式，每个段落结构相同，进行反复咏唱，军士们的战斗热情也在反复咏唱中逐段递进，诗人的感情也不断得到升华。而且，这也集中表达了军士们共同抵御外侮、乐观昂扬的英雄主义和爱国主义精神，让人读后备受鼓舞。

南宋爱国诗人谢枋得读到《秦风·无衣》后对此也赞叹不已，称其“气刚而大”、“词壮而直”、“千载而下，闻其风莫不兴起”。可见，全诗确实充满了崇高的爱国感情，且气势雄壮，鼓舞人心。

总之，《秦风·无衣》全诗感情激荡，气势非凡，宛如一曲战斗的进行曲，激昂高歌，慷慨雄壮，字里行间表现出了国家生死存亡之际，军士们一往无前、不怕艰难的大无畏精神。显然，这是一篇不可多得的爱国主义诗篇。本诗也真实记录和反映了人民群众在保家卫国的斗争中表现出的精神风貌。相信，它必然以其特有的光辉、巨大的魅力照耀诗坛，教育和鼓舞着无数的后来人。

九歌·国殇

众所周知，屈原是我国伟大的诗人。他一生创作了大量的诗歌。屈原及其作品的出现，更是开创了我国诗歌史上一个全新的时代和模式，那就是诗歌从集体歌唱到个人的独立创作。也正是因为这样，从他开始，中国才有了以文学闻名于世的作家。

而且，屈原还创作了全新的诗歌样式——楚辞。楚辞的出现打破了《诗经》以后两三个世纪的沉寂，在诗坛上大放光彩。同时，屈原也是战国时期的历史巨人，是世界四大文化名人（中国伟大诗人屈原，波兰天文学家、日心说创始人哥白尼，法国作家佛朗索瓦·拉伯雷，古巴作家和民族独立运动的领袖何塞·马蒂）之一。可以说，屈原是一个丰碑式的人物，是中华民族的骄傲。

当然，屈原之所以被人们敬仰称赞，除了以上的贡献和卓越的成绩之外，最关键的还在于植根于他内心深处的爱国主义思想和崇高俊洁的人格。而这种爱国主义思想和崇高俊洁的人格在其诗作中有着很好的体现。在他的作品中，整个的精神都是和国家的生死存亡紧密联系着的，是和人民疾苦息息相关的。因此，屈原又被称为“人民的诗人”。

实际上，屈原生活在战国时期楚国由盛到衰的重要转折时期。早年，屈原深受楚怀王的信任，曾担任左徒和三闾大夫等职，对内主张彰明法度、举贤授能，对外坚持联齐抗秦。但是好景不长，秦国崛起，楚国渐渐地走下坡路了。因为秦国经过商鞅变法，在战国七雄中后来者居上，走上了扩张的道路。而在这个过程中，楚国就成了其扩张攻伐的主要对象之一。

不过，楚怀王却放弃了一贯的合纵联齐的方针，轻信秦国的空头许诺，致使齐楚断交，而自己则与秦交好。此时屈原也遭受到了守旧贵族和投降派人物子兰、靳尚和宠姬郑袖等人的妒忌、排挤和诬陷、毁谤，加上在外交较量中，由于秦使张仪的挑拨，他不断陷于被动，受到猜忌和打压，逐渐失去了怀王的信任。

就这样，随着秦国的扩张，秦楚之间的交恶已经避无可避了。自楚怀王十六年（公元前313年）起，秦国和楚国多次发生战争，其结果都是秦胜而楚败。据记载，怀王十七年（公元前312年），楚秦于丹阳开战，结果楚军大败，大将屈殇被俘，甲士被斩杀达八万，汉中郡为秦所有。后来，楚国以举国之兵攻打秦国，再次败于蓝田，楚军伤亡惨重，数万军士暴尸荒野。

屈原听闻楚国屡屡战败的消息，心中无限悲愤，看着丹阳战场上一具具静卧荒野、无人问津的尸体，更是心如刀绞。再加上，按照古代的葬礼，在战场上“无勇而死”者，照例是不能敛以棺柩、葬入墓域的，都是被称为“殇”的无主之鬼。在秦楚战争中，战死疆场的楚国将士因为是战败者，虽然在对抗秦军的战争中英勇无畏，但也只能暴尸荒野，没有人会替这些为国战死者操办丧礼，进行祭祀。正是在这一背景下，放逐之中的屈原创作了这一不朽名篇《九歌·国殇》。

屈原作诗《国殇》一首，主要是追悼为楚国而阵亡的无主孤鬼，歌颂楚国将士的英雄气概和爱国精神，他在诗作中对雪洗国耻寄予厚望，也抒发了此时自己热爱祖国的高尚而浓烈的情感。

下面，我们就来一起赏读一下屈原的这首荡气回肠、令人起敬的爱国主义诗篇。

操吴戈兮被犀甲，车错毂兮短兵接。
旌蔽日兮敌若云，矢交坠兮士争先。
凌余阵兮躐余行，左骖殪兮右刃伤。
霾两轮兮絷四马，援玉枹兮击鸣鼓。
天时坠兮威灵怒，严杀尽兮弃原野。
出不入兮往不反，平原忽兮路超远。
带长剑兮挟秦弓，首身离兮心不惩。
诚既勇兮又以武，终刚强兮不可凌。
身既死兮神以灵，子魂魄兮为鬼雄。

全诗大意如下：“楚国将士手握兵戈，身穿皮甲，与秦国士兵战车交错，刀剑相互砍杀。眼看秦军旌旗蔽日，如乌云般压来，飞来的羽箭从天空中坠下，可是楚军将士却个个奋勇争先，毫无畏惧。不过，众多的秦军搅乱了我们楚军的阵地，冲散了队形，有的车驾的左马惨死，有的车驾的右马被砍伤。而且，有的战车车轮深陷泥坑之中，有的战马被绳索绊倒，但是战士们依旧手拿着鼓槌，猛烈地敲击着战鼓，保持着前进的姿态，毫不退缩。

“这场战争真是天昏地暗、惊天地泣鬼神啊，看着楚军将士惨遭屠戮，尸体被弃荒野，老天恐怕也难免怨恨愤怒。此时，楚军的将士们一去不复还，此去原野茫茫，路途遥远。将士们身着佩剑夹持着强弓，虽然已经身首异处，但是报国之心却从未改变。我们不得不说，楚军战士们确实十分勇敢威武，在战斗的过程中，始终刚强、不可欺凌。将士们虽然已经牺牲了，但是这种报国的大无畏精神却与世长存，即使是你的魂魄，也堪称是鬼中英雄。”

从这篇诗作中，我们不难发现，屈原描写战斗场面、渲染战争气氛的功力是十分高强的。寥寥九句，已经将楚军和秦军战斗的场面以及楚军将士英勇无畏的战斗精神描写得栩栩如生，极富感染力和穿透力。尤其是屈原对楚军将士战斗形象的描写，可以说是形神兼备，使得楚军将士尽忠报国、为国牺牲的大无畏精神跃然纸上，呼之欲出。

在开头第一句“操吴戈兮被犀甲”就开门见山地把楚军披坚执锐、不避刀锋的威武形象呈现在读者的面前，让人顿感楚军的英勇无畏、无坚不摧。当然，这也隐隐约约暗示出了一场恶战即将到来。

接下来，屈原正面描写两军战斗的场面。虽然秦军来势汹汹、敌众我寡，但是楚军将士也毫不气馁，不甘示弱，争先恐后地奋勇向前，与敌人短兵相接，展开生死搏斗。后来，楚军在和秦军交战的过程中损失惨重，但是面对强大的敌人，楚军将士依旧视死如归，前赴后继，决心与秦军战斗到底，至死方休。

尤其是最后几句，楚军将士的英勇之气更是扑面而来。楚军将士拿着最好的武器，始终刚强勇敢，不可欺凌，抱着必死的决心与秦军拼死搏斗。因此，作者屈原看到横陈荒野的战士遗体后，深深地发出感叹：即使是他们在战争中牺牲，变成了鬼魂，那也是鬼中的英雄。所谓，“生当作人杰，死亦为鬼雄”。牺牲的楚军将士必将气贯长虹，英名永存。

最后一句是对楚军死亡将士的高度评价，同时也是屈原对楚秦战争所持的态度和立场。屈原受到楚怀王的猜疑和贬谪，受到朝中臣僚的排挤和打压，但是值此国难当头之际，自己身为楚国人，心中仍旧有一股巨大的爱国激情在胸中翻腾。也正是因为这样，屈原面对死亡的将士，心中的爱国热情被极大地调动激发出来，在歌颂死亡将士的英魂的同时寄托自己的爱国情感、忧国之心。

总之，在这篇诗作中，屈原倾注了极大的爱国热情，字里行间都在极力地歌颂楚国将士在保家卫国的战争中英勇无畏、凛然悲壮的爱国斗志和牺牲精神。此时，屈原也只能为逝去的英雄们写一首挽歌，写一篇祭文，以告慰英灵，抒发自己的爱国之情。

当然，屈原对于楚秦之间最终的战争结果还是深怀希望的，他在歌颂阵亡将士的过程中也隐隐表达了自己雪洗国耻的渴望、对正义事业必胜的信心，希望前赴后继的楚国好男儿能够保卫好楚国，使楚国转危为安。

九章·哀郢

自从公元前312年楚国于丹阳、蓝田战役相继被秦国大败之后，楚国在楚秦战争上的落败就像是一道魔咒，牢牢地套在楚国的身上，挥之不去。从此，楚国一直受到秦国的欺压，在之后的几次对秦作战中，楚国皆以失败而告终，且损兵折将，伤亡惨重。

面对这种屡战屡败的情况，楚怀王便想重新和齐国联合，以有力地抗衡秦国，挽回颓势。于是，楚怀王派遣屈原出使齐国，希望能够与齐国重修旧好。但是，虎视眈眈的秦国又岂容这两个大国之间结成联盟，威胁到自己呢？于是，秦国再一次派张仪出使楚国，进行瓦解齐楚联盟的活动。就这样，齐楚联盟最终未能成功。

在破坏了齐楚联盟之后，秦国与楚国于怀王二十四年（公元前305年）互为婚姻，并于次年订立黄棘之盟。至此，楚国彻底投入了秦国的怀抱。而后，屈原在旧贵族势力的诬陷和怀王的疏远中被逐出郢都，到了汉北。

怀王三十年（公元前299年），屈原回到郢都。同年，秦昭王给楚怀王写信，约怀王在武关相会，重新商定盟约。

对此，屈原力劝怀王不要赴会，对怀王说道："秦，虎狼之国，不可信，不如无行。"可是在公子子兰的怂恿和撺掇下，楚怀王还是去了武关。但是，一到秦国的武关，秦昭王立刻让预先埋伏好的人把楚怀王押到咸阳软禁了起来，逼迫楚国割地来赎。

楚国的大臣听到国君被秦国软禁，拒绝割让土地，于是推立太子为新君，这个国君就是楚顷襄王，公子子兰则当上了楚国的令尹。顷襄王即位之后，继续实施投降政策，不久之后屈原就被再次逐出郢都，流放江南，辗转流离于沅、湘二水之间。

在此期间，楚顷襄王亲小人，远贤臣，政治腐败，国势日渐衰退，一日不如一日。而秦国则如日中天，日益强盛。于是，秦昭王二十八年（公元前 279 年），秦昭王和赵惠文王在渑池会盟，息兵言和，解除了后顾之忧。随后，秦昭王即派大将白起率军大举攻打楚国。楚顷襄王二十一年（公元前 278 年），秦将白起攻破郢都。

此次对楚作战，秦国获取了楚国包括郢都在内的江汉流域的大片国土，对楚国造成了严重的打击。在战乱之中，楚顷襄王东逃，匆忙迁都至陈，自此一蹶不振。

国家迁都，百姓流亡，这对流亡放逐后的屈原来说，无疑是一个致命的打击。听闻故国残破，祖国垂危，人民饱受战争离苦，屈原的内心被深深地刺痛了，对于祖国的热爱和这种铭心难忘的哀痛也顿时让屈原情难自禁，于是他怀着悲痛和哀怆，写下了这首哀悼郢都沦亡的诗篇《哀郢》，抒写了对流离失所人民的深切同情和对祖国的无限怀念和眷恋。

下面，我们就来一起看一下屈原的这篇饱含着爱国热情的沉重诗作。

皇天之不纯命兮，何百姓之震愆。
民离散而相失兮，方仲春而东迁。
去故乡而就远兮，遵江夏以流亡。
出国门而轸怀兮，甲之鼂吾以行。
发郢都而去闾兮，怊荒忽其焉极。
楫齐扬以容与兮，哀见君而不再得。
望长楸而太息兮，涕淫淫其若霰。
过夏首而西浮兮，顾龙门而不见。
心婵媛而伤怀兮，眇不知其所蹠。
顺风波以从流兮，焉洋洋而为客。
凌阳侯之氾滥兮，忽翱翔之焉薄。
心絓结而不解兮，思蹇产而不释。
将运舟而下浮兮，上洞庭而下江。
去终古之所居兮，今逍遥而来东。
羌灵魂之欲归兮，何须臾而忘反。
背夏浦而西思兮，哀故都之日远。
登大坟以远望兮，聊以舒吾忧心。
哀州土之平乐兮，悲江介之遗风。

当陵阳之焉至兮，淼南渡之焉如。
曾不知夏之为丘兮，孰两东门之可芜。
心不怡之长久兮，忧与愁其相接。
惟郢路之辽远兮，江与夏之不可涉。
忽若不信兮，至今九年而不复。
惨郁郁而不通兮，蹇侘傺而含慼。
外承欢之汋约兮，谌荏弱而难持。
忠湛湛而愿进兮，妒被离而障之。
尧舜之抗行兮，瞭杳杳而薄天。
众谗人之嫉妒兮，被以不慈之伪名。
憎愠惀之修美兮，好夫人之忼慨。
众踥蹀而日进兮，美超远而逾迈。
乱曰：曼余目以流观兮，冀壹反之何时。
鸟飞反故乡兮，狐死必首丘。
信非吾罪而弃逐兮，何日夜而忘之。

全诗大意如下：“（九年之前）天道不专，反复无常，使得百姓在动乱中遭殃，流离失所。此时，我离开旧居，从郢都出发，前途渺茫，可能再也见不到君王了。望着郢都高大的楸树，我不禁长叹，泪落纷纷。经过夏水发源处又向西走，回头看郢都东门已经看不到模样。此刻心绪缠绵无限忧伤，渺渺茫茫不知道将要落脚到何处。

“如今，我的灵魂时刻都想着归去啊，背向夏水边而思念郢都，但故都却日渐遥远。登上大堤举目远望，舒散一下忧愁，不觉却听闻郢都被秦军攻破、百姓流离失所的消息。这个消息真是令人悲痛难当，难以接受啊。

“另外想到，楚王表面上看似美好，但是实际上内心却虚弱，没有坚定操守。有人忠心耿耿愿意为国效力，却遭到了众多嫉妒者的妒忌陷害，想到这里，真是令人痛心疾首啊！”

阅读至此，不难发现，屈原这篇《哀郢》采取了一种倒叙的方式来描述。在诗作中，屈原首先从九年前秦军进攻楚国自己被放逐，随流亡百姓一起东行的情况写起，到后面才抒写郢都沦陷时作者的心情，这是作者被放逐以来最铭心难忘的一刻。从听闻的消息中，作者仿佛亲眼看到了那一幅幅悲惨的画面，一幕幕夺人心魄、摧人肝肺的情景。最后，屈原表达了造成国家危难的根源，是因为那些奸佞之徒善于逢迎致使正义之士报国无门。

在这篇诗作中，字里行间都洋溢着作者的爱国主义思想。在诗作的第一个层次，屈原以回忆的笔触描写了自己遭受怀王流放与百姓一起东行的情景。在流放的途中，屈原对郢都、对楚怀王都有着深深的眷恋。即使是自己不得不远离君上，远离国度，但是对家国的眷恋之情却是更加浓重的。他时刻牵挂着国君，时刻惦念着楚国的一草一木，因此，屈原在流放的途中身心备受折磨，看着渐渐在自己视线中消失的国君和郢都，屈原内心忐忑惆怅，难以自已。

而此时，楚怀王客死秦国，顷襄王即位，屈原再次被流放。同样是在流放的过程中，此次给予屈原的伤痛却是无以复加的。因为，屈原这次被流放不仅仅是一种“断肠人在天涯”的惆怅情绪，更是有一层思君、爱国、忧民的哀痛。

也正是因为这样，屈原在被放逐之后，一直心系家国，对于国家的命运有着深深的忧虑，唯恐奸佞小人蒙蔽圣聪，害国误民，使国家走上末路。但事实总是让人更加悲痛，屈原被放逐没过多久就听闻郢都这个楚国都城被秦军攻破。听到这个消息，屈原忍不住老泪纵横，悲痛难当。

接下来，屈原正面抒情，直接揭露楚国之所以败落，郢都之所以被秦军攻破，最根本的就是因为奸佞小人的谗言和嫉妒。这些奸佞小人，只知道为了一己之利而诬陷和诋毁忠正耿直之士，使得他们报国无门，屡受排挤和打压。也正是因为这样，屈原遭到了楚王的流放，以至于在国家危难之时，自己只能眼睁睁地看着而无能为力、无可奈何。可以说，此时屈原的内心是极度悲痛的。

本来，屈原就对郢都和国君有着深深的理想和抱负，有极深的眷恋，希望自己能够辅助明主，挽救楚国颓势，带领楚国走出低谷，实现崛起和发展。但是此时此刻，郢都被攻破，百姓流离失所，一切都让屈原陷入极度的悲愤和失望之中。是啊，没有什么比国都沦丧更让一个爱国志士伤心悲痛的了。屈原也万万没有想到，此次的流放就是与郢都、与国君的永诀。

也正是在这种极度悲痛和失望的情绪之中，就在郢都被攻破的同年，屈原看着支离破碎的楚国，想象着被秦军铁蹄践踏的郢都，终于悲愤难熬，在长沙附近的汨罗江怀石自杀，以身殉了自己的理想和抱负，殉了自己深浓的爱国之情、报国之志。

总之，屈原的这篇《哀郢》字里行间都洋溢着屈原对楚国、对楚国人民的深切眷恋和依赖，这是一位为国为民而奋斗终生的诗人，是一个忠君爱国、希望实现楚国富强发展的政治家。这篇《哀郢》诗作一气呵成、浑然一体，极力地表达着屈原忧国忧民的心情，表达了屈原对楚国的一草一木都寄托了无限的深情，对郢都的沦落、百姓的流亡更是痛心疾首，如一场疾风骤雨，让自己惆怅满怀，无法排解。

第二章　魏晋南北朝时期的爱国主义诗词

魏晋南北朝时期是一个动荡不安的时代，一个朝代频繁更迭并有多国并存的时代。有道是时势造英雄，在这段风云激荡的时期，涌现出了不少的爱国志士和有为青年，他们在这个纷乱的时代也有着伟大的理想和抱负，有着爱国的壮志和豪情，正因如此，他们以自己的鲜血和生命留下了许多激励人心的爱国主义诗篇。这是中华民族一笔宝贵的精神财富。

白　马　篇

曹植，字子建，是曹操之妻卞氏所生第三子，自幼聪敏，富于才学，十余岁时便能够诵读诗、文、辞赋数十万言，出言为论，下笔成章。因此，曹植深得父亲曹操的宠信和喜爱，曹操甚至曾认为其在诸子中“最可定大事”，曾多次欲立曹植为太子，只不过终因其“任性而行，饮酒不节”而作罢。

但是，曹植却也是一个关心时事、具有建功立业的雄心壮志的人。他所热烈追求的是“戮力上国，流惠下民，建永世之业，流金石之功”的伟大事业，想要的是能够在合适的时候一展抱负，大展拳脚。

毕竟，曹植生活在一个动荡不安、群雄割据的时代。从公元 189 年董卓之乱到公元 265 年三国鼎立局面结束、司马炎称帝建立西晋，其间战乱频仍，致使国家残破不堪，人民流离失所。而曹植亲身感受到了社会动乱给国家和人民带来的深重灾难，他“生乎乱，长乎军”。

同时，曹植从小就接受父亲曹操的教诲，深受曹操这位伟大政治家、军事家的影响，并且在年轻的时候还曾经跟随曹操转战疆场，讨伐西凉。可以说，在这种现实环境的熏陶下，在曹操的一言一行中，曹植建功立业的理想随着年龄的增长越发地强烈。也正是因为这样，他的政治理想就是要西灭“违命之蜀”，东灭“不臣之吴”，“混同宇内，以致太和”，和父亲曹操一起成就丰功伟绩。

比如，曹植在《求自试表》中就曾说：“昔从汉武皇帝，南极赤岩，东林临沧海，西望玉门，北出玄塞，伏见所以用兵之势，可谓神妙，而志在擒权馘亮，虽身分蜀境，首悬吴阙，犹生之年。”

另外，曹植这种建功立业的雄心壮志，在其诗歌中也得到了突出的反映。曹植富有才华，天赋极高，是建安时期最负盛名的文人之一。尤其是其五言诗，不管是思想内容还是艺术风格都代表了诗歌的最高成就。在他的诗作中，常常会流露出建安诗人身上那种想要建功立业的雄心壮志。这也成了曹植诗歌中一个十分重要的特点。比如，他的《白马篇》就以游侠儿自比，集中反映了他希望奔赴疆场、建功立业的雄心壮志。下面，我们就一起看一下曹植的这篇洋溢着爱国热情、报国之志的诗作。

白马饰金羁，连翩西北驰。

借问谁家子，幽并游侠儿。

少小去乡邑，扬声沙漠垂。

宿昔秉良弓，楛矢何参差。
控弦破左的，右发摧月支。
仰手接飞猱，俯身散马蹄。
狡捷过猴猿，勇剽若豹螭。
边城多警急，虏骑数迁移。
羽檄从北来，厉马登高堤。
长驱蹈匈奴，左顾凌鲜卑。
弃身锋刃端，性命安可怀？
父母且不顾，何言子与妻！
名编壮士籍，不得中顾私。
捐躯赴国难，视死忽如归！

全诗大意如下：“驾驭着白马向西北方向驶去，而马身上佩戴着金色的马具。有人问这是谁家的少年，其实那是边塞的好男儿游侠骑士。他年纪轻轻就离开了家乡，到边塞大显身手，建立功勋。楛木箭和良弓随身携带，下苦功终于练就了一身武艺。他拉开如满月的弓箭，一箭一箭正中靶心，丝毫不差。而且，他飞骑射中了长臂猿，转身又去射马蹄。灵巧敏捷赛猿猴，勇猛彪悍如豹。

“这时，听说边境军情紧急，侵略者一次次进犯内地。告急信从北方频频传来，游侠儿催战马跃上高堤。带兵长驱直入能击败匈奴，再回师扫鲜卑驱逐敌人的骑兵。同时，他上战场面对着刀山剑树，从来不把自己的安危放在心里。在这里，他连父母都不能孝顺服侍，更不能顾念儿女妻子。既然名和姓已经被编入战士的名册，就早已经忘掉了个人私利。如今唯愿为国家解除危难奋勇献身，看待死亡就像是回归故里。”

曹植在这首诗作中给我们形象生动地塑造了一位武艺高强、勇敢机智、捐躯赴难、奋不顾身而又富有爱国精神的游侠少年形象。而实际上，这个英勇的游侠形象正是诗人曹植活生生的写照，是诗人心中的理想人物，是他一直以来的理想和抱负的体现。在这里，他借助游侠少年的形象来抒发自己的报国激情，表现了自己渴望为国立功、建功立业的雄心壮志。

首先，诗作的开头两句“白马饰金羁，连翩西北驰”就描绘出了一位奔赴战场的英雄形象，并且“连翩西北驰”也表现出此时军情紧急，英雄勇往直前、义无反顾的精神。接着，诗人极尽描述之能事，表现了游侠儿的飒爽英姿和高超武艺。他的箭术出神入化，能够百步穿杨、百发百中。而且，他敏捷如猿猴，彪勇如飞豹巨龙。

这一系列的描写，使得北方游侠儿的英姿和悍勇跃然纸上，字里行间透露出一种激越高昂的情调，使得诗作风格雄壮，气氛热烈。还有，这位武艺高强、身手不凡的北方游侠能够“长驱蹈匈奴，左顾凌鲜卑”，能够保家卫国、抵御外敌，这充分体现了游侠的爱国精神和报国之志，也把北方游侠儿的战斗能力和豪迈气概表述得淋漓尽致。

其次，在诗作中，“弃身锋刃端，性命安可怀？父母且不顾，何言子与妻！”更是极力体现了北方游侠儿奔赴疆场之后，英勇杀敌、心无旁骛的英勇状态。就这样，这位白马少年的英勇行为和为国牺牲、不避刀锋的爱国之情也自然而然地流淌在读者的面前，一时读来，不禁让人热血奔腾，报国之志和保家卫国的意志更加坚定。

最后，诗人在一连串的叙述之后，用倒叙的手法更加强烈地描述了北方游侠儿离家别亲、保家卫国的矢志不渝之志。“名编壮士籍，不得中顾私。捐躯赴国难，视死忽如归！”可以说，这是整首诗作的精髓神韵关键所在。离乱之世，生为男儿，就应该奔赴国难，战死疆场，马革裹尸而还。即使是要死，也要死得轰轰烈烈，不虚此生。

在这里，诗人曹植直抒胸臆，表达了自己的抱负和理想，这种“捐躯赴国难，视死忽如归”的誓言正是诗人立志报国、建功立业的坚定决心的体现。而且，从这两句，我们也能够深刻地感受到曹植的爱国、报国之心，可谓是“鞠躬尽瘁，死而后已”。

这就是曹植，一个游侠式的书生。或许，有人说是曹植生活的时代造就了他拥有这样的抱负，但是这种在国家民族危难之时的一马当先、视死如归的精神和气概却激励了无数的爱国志士，使得一代又一代的中华儿女为了国家存亡而前赴后继，不怕牺牲。

咏怀·壮士何慷慨

阮籍和嵇康齐名，是“竹林七贤”之一，三国时期魏国人，也是正始时代最重要的诗人。青少年时期他就喜读书，学击剑，渴望一展抱负，建立战功。但是此时文人的命运和建安时期的文人命运也已经大不相同。因为，建安之后，诗人已经丧失了建功立业的客观环境。

但是，曹魏政权建立之后的政治环境也并不安稳，尤其是后期，政局混乱。曹魏景初三年（公元 239 年）正月，魏明帝曹叡病重，危在旦夕，于是匆忙布置后事，召回司马懿托孤，任曹爽为大将军，立曹方为嗣君。就这样，明帝驾崩后，魏国由曹爽、司马懿辅助曹方主持大事，然而曹方年幼，曹爽和司马懿两人经常针锋相对、明争暗斗，政局十分险恶。正始十年（公元 249 年），曹爽最终被司马懿所杀，司马氏独专朝政。而且，为了巩固势力，司马氏杀戮异己，被株连者甚多。

而阮籍在政治上本来就倾向于曹魏皇室，对司马氏集团心怀不满，看到眼下这种状况，不禁悲愤不已。但同时又感到世事已不可为，于是他采取不涉是非、明哲保身的态度，或者闭门读书，或者登山临水，或者酣醉不醒，或者缄口不言。

不过，面对污浊的社会和黑暗的统治，阮籍的内心却不像表面看起来那么悠闲、安逸。事实上，阮籍本来就志气宏大，向来有济世之志，且自视甚高。一次，阮籍登上广武山，遥望昔日刘邦和项羽争夺天下的古战场，想到项羽的惨败、刘邦的胜出，不禁徘徊低吟，思绪万千，感慨道："时无英雄，使竖子成名！"可见，阮籍胸怀大志，英气逼人，内心深处有一股激昂的斗志和一种报国的激情。

但是在司马氏的黑暗专政下，阮籍只能在酣饮和故作旷达中选择逃避，并且只能在诗歌中隐晦地表达自己的内心情感。因此，阮籍的诗作以"咏怀诗"为总题目，共写了 82 首五言诗，而且其中诗作大量运用比兴、象征等手法，在表现方式上颇为曲折隐晦。

其中的第 39 首咏怀诗，和其他诗作相比，却犹如暗夜中的一声惊雷、静夜中的一声号角，直抒胸臆，语言雄浑，气势壮阔，乃至于成了众多咏怀诗中最具独特风格的佳作。显然，尽管现实环境决定了阮籍没有建功立业的可能，但是这种内心的向往，还是会忍不住一时流露。

下面，我们就来一起看一下阮籍的这首诗作，体味一下诗人在诗作中流露出来的兼济天下、报效国家的雄心壮志和爱国之情。

壮士何慷慨，志欲威八荒。
驱车远行役，受命念自忘。
良弓挟乌号，明甲有精光。
临难不顾生，身死魂飞扬。
岂为全躯士，效命争战场。
忠为百世荣，义使令名彰。
垂声谢后世，气节故有常。

全诗大意如下：“壮士是何等的慷慨激昂啊，他的志向是要威震天下的。壮士驾着长车，远赴边陲，为了国家利益，他忘掉了个人的一切。他腰上挂着精良的弓箭，身上穿着明光闪闪的铠甲。而且，壮士在危急关头，奋不顾身，灵魂高扬。岂能学那些苟活保命的人，自己宁愿战死在与敌人争胜负的战场。显然，壮士的忠诚流芳百世，壮士的侠肝义胆美名传扬。同时，留下来名声告诉后人，崇高的气节自应该万古长存。”

阮籍的这首咏怀诗为读者呈现了一个胸怀大志，饱含着爱国热情，希望为国效命的壮士形象。读来令人热血沸腾，精神振奋。

事实上，阮籍生活在一个战乱频仍、社会动荡、政治统治黑暗的时代，面对这种现实环境，正始文人大多避祸自保，但是“天下多故，名士少有全者”，名士大都惨遭迫害。在这样的政治环境下，阮籍自己无力改变，于是他的内心深处极度渴望当下能够出现一个大英雄，能够担负起历史的使命，力挽狂澜，挽救国家于危亡之中。

也正是因为这样，阮籍在这首诗作中塑造了一个能够救危济世的壮士，抒发了壮士奔赴战场，为国杀敌的爱国、报国之志。

诗人在诗作的开首两句“壮士何慷慨，志欲威八荒”中就表达了壮士意气激昂、志在威加海内的雄心壮志。接着“驱车远行役，受命念自忘”，诗人描写壮士驱车远征，受君命而忘却私念的专业精神。

而后“良弓挟乌号”以下四句，则描写了壮士腰携良弓、身着铠甲，即使是遇到危险也不惜牺牲自己的生命，宁愿身死魂飞。这几句突出表现了壮士的英武风采和慷慨赴国难的神情。显然，壮士绝不是贪生怕死之辈，他能够为赢得胜利而献出自己宝贵的生命，能够为了保家卫国牺牲自己。因此，壮士能够因自己的忠义行为而流传于世，美名流芳，万古长存。

在诗人阮籍的笔下，我们可以感受到壮士有崇高的使命感，他以安边守土、保家卫国为己任，誓要做到威震八方。而且，壮士肩负着报国救国的使命，拥有着极大的责任感，出征远方之后，他能够把一切的私心杂念都抛诸脑后，全身心地投入战争，捐躯战场。显然，这是一种大公无私的伟大爱国主义精神。

同时，在危难面前，面对着生与死的考验，壮士更能够做到不惜生命，宁愿身死魂灭，也要保持勇士的气节，也要为国为民尽自己的一份力量，留得好名声。“临难不顾生，身死魂飞扬”这两句可谓是语出壮烈，读之令人动容，油然而生无限的敬佩之情。

另外，“岂为全躯士，效命争战场”以反问之句来问询，以肯定之句来作答，直接道出了壮士的心意，即使战场有万分凶险，有可能身死魂灭，但是面对国难，壮士仍旧能够勇为人先，效命战场。因此，这两句是对壮士爱国、报国、救国志向的直接阐述和表达，字里行间透露出诗人的内心情感。实际上，这正是他心中的英雄人物，正是他希望成为的理想人物，能够奔赴国难，建功立业。

可以说，阮籍的这首咏怀诗，前承屈原《九歌·国殇》遗风，格调昂扬，后继建安风骨曹植的《白马篇》，刚健有力，极力地表达了阮籍身处乱世却依然昂扬的爱国主义热情。诗人欲兼济天下、报效国家的雄心壮志更是在诗作的字里行间自然流出，令人动容，对后世产生了积极影响，使得无数的爱国诗人继承了这一优良传统。

代出自蓟北门行

鲍照是南朝最杰出的诗人，与谢灵运、颜延之在当时并称为“元嘉三大家”。而且，他的文学作品的价值也备受后人重视，甚至有人认为他是刘宋时代成就最高的作者。当然，最重要的是他继承了建安风骨，其诗作总是力求反映社会现实，希望有朝一日能够建功立业，施展自己的理想和抱负。

鲍照是一个性格和人生欲望都十分强烈的人，他丝毫不会去刻意掩饰自己对荣华富贵、及时享乐、建功立业等种种目标的追求，并且认为以自己的才华理应得到这一切。因此，他不顾一切地要以自己的才能实现个人价值，成就自己的理想和抱负。

然而，鲍照出身寒微，社会地位低下，这在南北朝时期来说，无疑是一种极大的阻碍。要知道，我国魏晋南北朝时期，门阀制度森严，已经形成了一种“上品无寒门，下品无世族”的局面。因此，门阀制度严重阻碍了鲍照的进仕之路，使得鲍照在人生成长的过程中，常常受到压制和阻碍，在实现自己理想的道路上，屡屡遭受排挤，备受压抑。

可以说，鲍照是一个充满悲剧色彩的人物。在等级森严的南朝社会里，鲍照举步维艰，他想要建功立业、报效国家，但是却没有出路，饱受打压。可是，在鲍照的心里，仍旧存有一种不甘心、不屈服，想要挣脱命运捆绑的进取心。

而这种进取之心和昂扬的报国、爱国热情，在他的诗作中得到了很好的体现，他把自己对于理想和目标的追求都融入了自己的诗作中。也正是因为这样，鲍照的诗作大都是表现他建功立业的美好愿望和爱国热情。

比如，鲍照的诗作《代出自蓟北门行》就很好地体现了这点。诗人通过对边关紧急战事和边境恶劣环境的渲染，突出表现了兵士们从军为国、英勇赴难的壮志和激情。下面，我们就来一起看一下鲍照的这首诗作，跟随诗人的脚步，领略一下诗人字里行间流露出来的爱国斗志和报国激情。

羽檄起边亭，烽火入咸阳。
征师屯广武，分兵救朔方。
严秋筋竿劲，虏阵精且强。
天子按剑怒，使者遥相望。
雁行缘石径，鱼贯度飞梁。
箫鼓流汉思，旌甲被胡霜。
疾风冲塞起，沙砾自飘扬。
马毛缩如蝟，角弓不可张。
时危见臣节，世乱识忠良。

投躯报明主，身死为国殇。

全诗大意如下："紧急征召的文书从边塞的岗亭传来，战争爆发的消息已经传到咸阳了。这时，被征召的骑兵都驻扎在广武县，将兵分几路去救援被困的朔方。虽然如今是寒冷的秋季，但是战士们的战斗热情并没有丝毫减弱，他们手中的弓箭反而变得更加强劲了，不过敌人的战阵也是精锐而坚强。

"天子听到敌兵气焰嚣张的消息，也按捺不住内心的怒气，紧握着手中的宝剑，也想要和敌人一决高下。事实上，战事也确实十分激烈，传送军情的使者奔走在路上，络绎不绝，遥相望见。

"军队沿着石路向前行进，如同大雁飞行排成的行列。士兵们依次渡过桥梁，犹如游鱼前后连贯。军乐流露出士兵们对家国的思念，战士们的旌旗和铠甲都披上了胡地的霜雪。但是他们依旧冒着疾风冲锋陷阵，使得战场上的沙砾被高高扬起。加上天气寒冷，马毛都像刺猬一样缩成一团，连角弓都已经拉不开了。

"只有在时局危机的时候，才能够看出那些臣子的节操。只有在天下大乱的时候，才能看出一个人是否忠良。这时，战士们为回报君主之恩，都在奋力拼杀，丝毫不顾及自己的性命安危，这样他们身死之后，也会成为为国牺牲的光荣烈士。"

在这首诗作中，鲍照为我们塑造了一群在国家战乱之际，英勇奋战、不怕牺牲的忠臣义士形象。在诗作的开头，诗人就交代了边亭告警的紧急情况，汉军迅速征集军队，支援前线。进而，诗人表现了敌人气焰嚣张、天子震怒的严重局势。这时，一场激烈的战争已经如在弦上，即将展开。

接着，诗人描写了战士们向前行军、准备投入战斗的壮阔场面。大军跋山涉水，军容整肃，纪律严明，虽然身处在恶劣的环境中，仍然能够继续前行，英勇无畏，为了保家卫国，甘愿承受与家人的离别之苦，甘愿千里驱驰、抵御外侮。

然后，诗人又描写了进入战斗场面之后外在环境的变化。边塞之地，天寒地冻，疾风飞沙，对于汉军的将士们来说，是一种极为恶劣的环境，不过大敌当前，为抵御外侮，士兵们仍旧能够克服困难，与敌人展开殊死搏斗，展现出英勇顽强的一面。这几句使得士兵们的战斗精神和爱国之情跃然纸上。

最后，诗人以壮士捐躯、死为国殇的高潮作结，用语重心长的四句概括反映了在国家危难之际忠臣良将的正确选择。他们都应该像投身于这场战争的兵士们一样，在严峻的考验中，在国家危难的紧急关头，毅然决然地做出最大的牺牲，勇于奉献，不怕艰险。

事实上，这几句是全诗的精华，也是诗人在诗作中所要传递的重要思想。诗人用这样的声音来礼赞勇武刚强、死于国难的将士，寄托了诗人对为国捐躯将士们的无限崇敬之情。他们在国家危难之际，在时危世乱之时，能够跋山涉水，不辞艰辛，英勇奋战，一马当先，堪称是爱国兵士的典范，忠节烈士的神魂。

同时，“时危见臣节，世乱识忠良。投躯报明主，身死为国殇”这两联流传万口，几乎成了封建时代衡量忠良行为的准则，产生了鼓舞人心的伟大力量。

正如唐太宗李世民在《赐萧瑀》诗中写的那样：“疾风知劲草，板荡识诚臣。勇夫安识义，智者必怀仁。”这首诗作的前两句表述了唐太宗对忠臣的定义，与鲍照的“时危见臣节，世乱识忠良”就表达了大致相同的意蕴。意思就是说，在狂风中才能看出草的坚韧，在乱世中方能显出忠臣的赤诚之心。

可见，鲍照的诗作对后世的诗作产生了不容小觑的影响，尤其是其中表达的爱国之情，激励了无数的后来人，使得一代又一代的爱国志士以此要求和约束自己，为国奉献，不怕艰难，奋勇报国。

第三章　唐宋时期的爱国主义诗词

众所周知，在中华上下五千年的辉煌历史文化中，唐诗宋词是中国文学史上两颗最耀眼的明珠。而在这两代的诗词作品中，爱国主义都是从始至终贯穿的主线。无论是盛世之时渴望从军戍边，还是在衰微之时力主收复失地，诗人们的诗词作品中都满含着爱国志士浓烈的爱国热情，都充溢着坚定执着的忧国之心和报国之志。这份豪情和壮志令无数的热血男儿心潮澎湃，矢志报国。

从 军 行

说到杨炯，恐怕我们并不陌生。他生于初唐时期，自幼聪明好学，广泛涉猎经传书籍，尤其爱好诗词，与王勃、卢照邻、骆宾王齐名，并称“初唐四杰”。而且，作为初唐诗人，杨炯和其他的初唐诗人一样，也具有投身军旅、征战沙场、建功立业的伟大志向。

事实上，唐朝建立之初，各地仍存在一些割据势力，李渊父子称帝后一直致力于中国大地的统一大业，努力镇压农民起义和抵抗外族的侵犯。因此，唐王朝统治者极其重视边功，常常对边关将士予以重赏，对有功之官兵加官晋爵。这样，由于唐朝统治者对军功的重视，促使唐朝文人有一种积极进取的上进心，他们大都希望立功边塞，建功立业。也正是因为如此，唐朝文人大都积极地追求那种慷慨激昂、壮怀激烈的边塞军旅生活。向往边塞生活，追求边关立功成为唐代文人的一大追求。

而杨炯作为初唐时期的重要诗人，在向往边塞生活、渴望建功立业方面也是如此。加上自从唐朝建立以来，唐朝就与突厥进行了一系列的战争。尤其是高宗调露、永隆年间，吐蕃、突厥曾多次侵扰甘肃一带。在这种背景下，永隆二年（公元681年），西北突厥部族再次入侵固原、庆阳一带，于是唐朝礼部尚书裴行俭奉命出师征讨。

对于这场战争，诗人杨炯在诗作《从军行》中做了大致的记录，并表达了自己投笔从戎的壮怀，以及希望投身军旅、为国杀敌、保边卫国的爱国豪情和报国之志。

下面，我们就来一起看一下诗人的这首爱国主义诗作。

烽火照西京，心中自不平。
牙璋辞凤阙，铁骑绕龙城。
雪暗凋旗画，风多杂鼓声。
宁为百夫长，胜作一书生。

全诗大意如下：“如今边塞的报警烽火传到了长安，壮士的心怀哪还能够保持平静。而且军情紧急，朝廷的将帅刚出了宫门，身着铁甲的骑士就直捣了据点。这时，定睛看去，战场上，大雪弥漫，遮天蔽日，军旗上的色彩顿时显得黯然失色。再听声音，狂风呼啸，大风与雄壮的进军鼓声交杂在一起。面对这样严峻的形势，我宁愿做一个百夫长冲锋陷阵，也远胜过做一个舞文弄墨的书生。”

可见，诗人在这首诗作中为我们叙述了一个有志书生在国家用人之际投笔从戎、从军边塞的过程。在这个过程中，诗人仅仅用了寥寥几十字就把有志青年征战边塞的过程和心情描绘得淋漓尽致，还有力地表达了国家兴亡，匹夫有责的责任感以及投笔从戎、建功立业的豪情壮志。显然，这是一位有血有肉的爱国诗人。

在诗作的前两句“烽火照西京，心中自不平。牙璋辞凤阙，铁骑绕龙城”中，诗人交代了边塞军情的紧急，尤其是前一句中的一个“照”字把急于星火的军情表现得十分到位，让人顿时感到一种紧张感。确实，诗人以实际的军情突出了前线军事的紧急程度，而战场上瞬息万变，战机更是稍纵即逝。也正是因为这样，这位有志青年其实也就是诗人自己心中难以平静，躁动不安，十分忧心国事。所谓国家兴亡，匹夫有责，诗人的内心在摩拳擦掌，跃跃欲试。其中一个“自”字，更使得诗人内心的报国之志喷薄而出，不可抑制。

在国家急需用人的情况下，其实任何一个有志之士、爱国青年都会积极地报效国家，当国家面对危急情势的时候，每个热爱国家的人的心中都会出自本能地萌生一种不平之意，透露出焦急的忧国之情。所以，此时此刻，诗人发自内心的爱国之情被紧急的军情极大地激发出来。

然后，就在这样的背景下，诗人交代了军队迅速集结、辞京出师的情景。而且，在唐军神速的进军下，很快便把敌军围得水泄不通。其中“铁骑绕龙城”更是渲染了唐军与敌军龙争虎斗的战斗氛围。

接着，诗人在诗作的五、六两句开始写战斗。然而，诗人并没有正面描写战斗的场面和战争的激烈。相反地，诗人通过战斗环境烘托的方法来描写战斗的情景。“雪暗凋旗画，风多杂鼓声。”诗人在描写战斗场面的时候还采取了视听结合的方法，从视觉上描写出大雪弥漫、遮天蔽日，从听觉上感知到狂风怒号与进军的鼓声交杂在一起。这个场面描写，可以说很好地烘托出了战斗的惨烈，表现出了唐军将士同敌人誓死搏斗的大无畏精神和在战鼓激励下奋勇杀敌、毫不退缩的豪迈情怀。

最后，诗人在结尾处直接表达了自己的报国之志。“宁为百夫长，胜作一书生。”在艰苦激烈的战斗中，在与敌人誓死搏斗的过程中，诗人自然而然地表达了自己投笔从戎、保家卫国的豪情壮志和爱国情怀。在国家用人之际，他希望拥有的是一种不平凡的生活，一种不平淡的人生。因此，诗人宁愿驰骋沙场，宁愿在艰苦的环境下与敌人殊死搏斗、保家卫国，也不愿意只是做一个置身于书斋里的书生，空谈爱国救国，空有一身的理想和抱负。

可见，诗人在一系列的精选的战斗、战争场面描写中，内心也在经历着一次次的洗礼和自我教育。而且在这种跳跃式的描写叙述结构中，也展示出了诗人内心的急切和想要报效国家的强烈的爱国激情。而这种爱国激情，可以说是势不可当，力拔千斤。尤其是最后一句的直接表白，使得诗人的爱国热情得到彰显。

总之，诗人杨炯的这首《从军行》是一首充满爱国主义情怀的述志诗。在这首诗作中，诗人想要报效国家、建功立业的雄心壮志跃然纸上。其中“宁为百夫长，胜作一书生”更是成为流传千古的豪言壮语，表现出了诗人极大的爱国热情和豪迈气概。

从军行七首·其四

事实上，每当祖国遭受外敌凌辱、国破家亡的时候，忧国忧民的诗人总会声嘶力竭地发出呐喊，写下振聋发聩的醒世诗篇，以寄托胸怀，表达理想和目标。而杰出的边塞诗人王昌龄也是如此，他是一位饱含爱国情感的伟大诗人，他的边塞诗，气势雄浑，格调高昂，具有一种积极向上的报国之心和爱国之情。

王昌龄生活在盛唐时期，此时唐代国力强盛，但是也并非没有外患。尤其是在西、北方，唐朝也是强敌环伺，其中一个是吐蕃，一个是突厥，他们虎视眈眈，经常会骚扰和入侵大唐边境。也正是因为这样，唐朝在凉州设立河西节度使，一方面兼顾西方和北方两个强敌，一方面防御吐蕃，守护河西走廊。还有青海地区也是唐军和吐蕃多次作战的地方，玉门关外就是突厥的势力范围。所以，整个西北边陲一直不怎么安定。

而诗人王昌龄早年曾赴西北边塞，还曾亲身参加过边塞孤城抵御外敌的战争。在这次战争中，诗人用诗歌的形式，以极高的热情歌颂了戍边将士们誓死保家卫国的豪情壮志，显示出将士们浓烈的爱国情怀和报国之志。

下面，我们就来一起看一下诗人王昌龄的这首诗作。

青海长云暗雪山，孤城遥望玉门关。

黄沙百战穿金甲，不破楼兰终不还。

全诗大意如下：“青海湖连绵不断的大片乌云，遮暗了终年积雪的祁连山。远远眺望只看见孤独的城池，那正是春风都吹不到的玉门雄关。在黄沙莽莽的疆场上，将士们身经百战，磨穿了铁甲战衣，但是不彻底消灭入侵的边贼，他们将誓死不把家园回还。”

可见，在这首诗作里，诗人描写了将士们杀敌报国的场景以及立志保家卫国的决心和信心。在诗人的笔下，我们俨然能够看到一个个威武雄壮，充满斗志和激情、责任感和使命感的军士们，他们为国而战，为民而战，不惧艰辛，不怕牺牲，勇往直前。

首先，诗作在开头前两句是一种环境描写和铺垫。“青海长云暗雪山，孤城遥望玉门关。”在这里，诗人不仅仅描绘了边地的环境，更渲染了战争即将来临的紧张氛围。“黑云压城城欲摧，甲光向日金鳞开。”显然，此时已经是战争的前夕了，战争一触即发。

而且，从“孤城遥望玉门关”这句描写中我们也能够感觉出戍边将士们那种重任在肩的巨大责任感和使命意识。遥望着玉门关的千里边防，看着周遭萧瑟灰暗的环境，戍边将士已经是枕戈待旦，随时准备战斗了。这是一种主动的、积极的自我准备，没有动员，没有逼迫。因为，在每一位将士的身上都有一份保家卫国的使命责任，不容有失，不容懈怠。

接着，三、四句由间接的环境描写转为直接的抒情达意。“黄沙百战穿金甲”，是对士兵们战斗生活的概括力极强的诗句。这句诗反映了士兵戍边时间之漫长，两军战事之频繁，军士们战斗之艰苦惨烈以及边地的荒凉萧索。

当然，“百战”是诗人抽象的表达，但却真实地反映了士兵戍边时间之长和两军战事的频繁。“百战”而至于“穿金甲”更是体现了战事不仅频繁而且惨烈，军士们的铁甲铁盔都磨破了，也有众多的将士血洒疆场，以身殉国。可见，军士们为了这场战争付出了多么惨痛的代价。

但是，金甲易损，生命可抛，士兵们报国的斗志却没有减损。尽管在频繁而惨烈的战斗中，士兵们饱受战乱之苦，甚至有的献出了自己宝贵的生命，不过这场惨烈而持久的战争并没有消磨军士们报国的斗志、爱国的热情。相反，这边地的黄沙、恶劣的环境、惨烈的战事，更加激起了军士们的爱国之情，磨炼了他们的意志，使得他们的报国之心更加坚定。也正是因为这样，军士们最终发出了“不破楼兰终不还”的呐喊。

这一句呐喊，是军士们内心深处战斗激情和斗志的直接表白和倾诉，可以说是掷地有声，铿锵有力。而且，这也是身经百战的军士们坚定信念的表现。战斗虽然艰苦，战争虽然残酷，但是为了保家卫国，戍边将士对于这些都不屑一顾，他们不想发动战争但也从不畏惧、回避战争，相反，他们有信心能够克服所有的困难，战胜敌人，赢得战争最终的胜利。

在这里，还需要指出的是，诗人化用了一个“楼兰”的典故。据说，汉代时楼兰国王和匈奴勾结，屡次拦截并杀害汉朝出使西域的使臣。因此，公元前 77 年，大将军霍光派平乐监傅介子前往楼兰，后来傅介子智取楼兰国王首级胜利归来，成功扫除丝绸之路上的一个重大障碍。而这里诗人以楼兰典故借指吐蕃和突厥的当权者。

从这个典故的化用中，我们能够明显地看出，士兵们心中并没有思归的厌战情绪，而是坚定意志，立下宏愿，希望能够擒得敌首赢得战争的胜利。而且，如果达不到目的，就誓不返还。

就这样，诗人用寥寥的七个字，就成功塑造了一批不怕牺牲、不惧艰难、内心坚定刚毅的英雄军士。他们身份低微，默默无闻，但是却能够在战争中冒着生命的危险，忍受着边地的荒凉萧瑟，为了保家卫国，为了边地安宁和平，他们甘愿承受这一切，甘愿做祖国和人民的马前卒，保境安民，守望祖国安康。

因此，这是一曲英雄主义的赞歌，是一曲爱国主义的赞歌，正是有了这样的一批又一批的爱国志士，才使得中华民族不断地由胜利走向胜利，由困境走向成功。

出塞二首·其一

边塞诗是时代应运而生的产物，它深刻地反映并体现着一个国家的盛衰状况。而对于唐朝来说，也是如此。其中，边塞诗甚至被认为是“盛唐之音”，是构成盛唐图景的一个十分重要的方面。因此，在盛唐的宏伟蓝图中，我们大都能够发现边塞诗的踪迹，看到边塞诗独有的风采和意味。

而王昌龄就是盛唐时期著名的边塞诗人。他所处的时代正值盛唐，这一时期唐代国力强盛，政治清明，文化繁荣，在对外作战中屡屡获胜。因此，王昌龄的边塞诗常常洋溢着一种积极向上的昂扬斗志，对于戍边将士极尽赞美之词，以表达自己报效国家的爱国热情，以及渴望和平、早日结束边塞战事的美好愿望。

尤其是早年时，诗人王昌龄少怀壮志，富有才华，并曾远赴河西走廊，对于西北边塞的战事有一定的了解和认识，因此，诗人王昌龄的边塞诗作有着深刻的社会内容，常常流露出渴望边境和平安定的美好愿望。

其中，王昌龄的《出塞二首·其一》就表现了诗人这一美好的愿望，希望能够启用良将，尽快平息边塞战事，表达了诗人深浓的爱国之情和报国之志。

下面，我们就来一起看一下王昌龄的这首诗作。

秦时明月汉时关，万里长征人未还。
但使龙城飞将在，不教胡马度阴山。

全诗大意如下：“秦汉时的明月，秦汉时的边关，至今依然如故，没有什么改变，然而这期间战争却一直没有间断，已经有无数的将士血洒疆场，又有很多的战士远离故土，仍然戍守着边关，不能归家。但是倘若昔日攻袭龙城的卫青和飞将军李广如今还健在，那么就不会让匈奴的骑兵跨过阴山，侵犯我中原大地。”

显然，我们不难发现，这是一首慨叹边战不断、国无良将的边塞诗。在诗作中，我们能够感受到充溢在字里行间的爱国精神和豪迈的英雄气概。

首先，诗人在表现主题的时候，从描写景物入手，用“互文见义”的手法粗笔勾勒出了一幅明月照边关的苍凉图景。在这幅图景中，秦汉时的明月和边关依然如旧，明月照着边关，两者遥遥映照，都几乎没有发生什么改变。但是，在这样的一个苍凉的几十年如一日的背景下，人们之间的攻伐，一方与一方的战争却从来不曾间断过。也正是因为这样，由于战争的需要，常常会征集许多的士兵。而这些士兵有不少都不远万里才来到这里，跋山涉水、不畏艰辛，他们很多至今还留在这边塞之地，没能够回到家乡。

而且，前两句写皎洁的明月和雄伟的城关，既引起人们对历史上无数次侵略战争的回忆，又是今天将士们驰骋万里、浴血奋战的历史见证。

实际上，征集的士兵之所以没有能够返回家乡，一则是因为在惨烈的战争中不幸牺牲，战死沙场，二则是因为这里的战事连绵不断，他们一直没有能够从战场上抽离出来，享受安宁和平的时光，回到家乡和亲人团聚。显然，这一切都是战争造成的，无边的战事给人们带来了深重的灾难。但是，这从一个侧面也反映了在无休止的战事中，士兵们决心奋勇杀敌、不惜为国捐躯的战斗精神。当然，在这里，诗人也寄予了浓浓的悲愤，对于历史上无数次的战争表示出了极大的人文关怀。

那么，怎么才能结束这样的状况，平息胡乱、安定边防，结束这无休止的战事呢？诗人做了一个大胆的假设，也在假设中寄予了自己的理想和诉求。“但使龙城飞将在，不教胡马度阴山。”如果卫青和李广还健在，那么战争就一定能够很快被平息，人们能够很快享受安定和和平。

当然，这是诗人对英雄人物的一种礼赞，是对像卫青和李广将军一样的对抗匈奴的名将的一种肯定。但是同时，诗人的这一句呐喊也在表达自己对于战事的理解和目标。诗人表达出，其实秦汉以来多年的战乱，就要在这时候终结了，只要我们能够任用良将、任用能臣，那么战事就能够很快结束，人们就能够过上安定的生活。

因此，在这里，诗人是拥有自信的，对于历史上无数的惨烈的战争，诗人的态度是轻视的、不屑一顾的。因为，只要任用良将，战事就能够休止，胡虏也定然能够被阻隔在阴山之外。显然，诗人对于国事是十分关心的，对于出征戍边的将士也是无比同情和敬佩的。他们其实就像是汉代的名将志士，为了国家安危，守土保境，不畏艰辛。

诗人的这首诗作中虽然有一种苍凉的氛围，但是悲壮而不凄凉，字里行间充溢着强烈的爱国精神和豪迈的英雄气概。诗人忧心国事，并歌颂戍边出征军士们为了保家卫国所牺牲的一切。也正是因为有了这些英勇无畏的军士，才使得国家太平。所以，诗人在对汉代名将卫青和李广的歌颂中，也歌颂了出征守边的唐军将士，歌颂他们决心奋勇杀敌、不惜为国捐躯的战斗精神。

总之，王昌龄的这首《出塞》是一首洋溢着爱国主义情怀的诗。在盛唐时期，唐朝国力强盛，兵士们的英勇和良将的指挥都是非常重要的。

凉州词二首·其一

众所周知，唐王朝是在马背上建立起来的，唐朝的开国大臣也大都是马上英雄。因此，唐朝建立之后，就一直重视对边地的控制，加强对边地的守卫，唐王朝的统治者也极其重视边功。尤其是盛唐时期，不少的知识分子都把立功边塞、投身军旅作为获取功名、建功立业的重要途径，在他们的心中，都有一种边塞杀敌的强烈愿望。

可是，在盛唐时期，并不是每个人都有这样的机会。因此，有不少的文人在其诗作中都表现出了对边塞军旅生活的一种热切向往，希望能够投身军旅，为国杀敌，建功立业，从而实现自己的伟大理想和抱负。其中，著名诗人王翰就是这样的一个人。

王翰少有才学，胸怀壮志，常常发言立意，自比王侯，但是由于其举止豪放，不拘礼节，在仕途中屡屡碰壁，遭到他人的打压和排挤，一度遭到闲置。比如，开元四年（公元716年）至开元八年（公元720年），在长达四年的时间里，王翰一直没有担任任何官职。

直到开元九年（公元721年）张说入朝为相，在张说的举荐下，王翰才入朝任秘书正字之职位，擢驾部员外郎。但是张说罢相之后，王翰就随即失去了依靠，他先改迁为汝州长史，后又被贬为道州司马，一路直下。可以说，王翰这一生仕途坎坷，多不如意。

因此，王翰有着强烈的投身军旅、效力边塞的渴求和希望。他希望自己的报国之志、爱国之情能够在边地得以施展，希望自己的雄心壮志和伟大理想能够得以实现。就这样，王翰描写了很多关于边塞军旅生活的诗篇，寄予了自己渴望在边关建功立业、从军报国的愿望。

其中，王翰的这首《凉州词二首·其一》就寄予了诗人的理想，表达了守边将士忠勇爱国的英雄气概。下面，我们就来一起看一下诗人的这首充满英雄气概的爱国主义诗作。

葡萄美酒夜光杯，欲饮琵琶马上催。
醉卧沙场君莫笑，古来征战几人回。

全诗大意如下："在宴会上，精美的酒杯盛着甘醇的葡萄美酒，正在大家想要饮用时，乐队奏起了琵琶，酒宴开始了，而那急促的旋律，像是在催促将士们开怀痛饮。这时，只见将士们互相斟酌欢饮，但你千万不要笑战士们醉卧沙场，自古以来征战沙场的人又有几个能够活着回去呢？"

不难发现，在这首诗作中，诗人为我们描绘了一个大军饮酒出征的场景，而且在描写这个场景的过程中，诗作的字里行间鲜明地反映出了将士们乐观豪迈、视死如归的英雄气概。

诗作的前两句“葡萄美酒夜光杯，欲饮琵琶马上催”以记叙的手法描述了出征将士这次的酒宴。而且，这两句仿佛一下子就把我们带到了那个五光十色、琳琅满目、酒香四溢的盛大筵席。在这里，有葡萄美酒，有夜光杯，有琵琶，而这些都有着浓郁的边塞色彩和鲜明的军旅生活特征。

其中，葡萄酒是当地西域特产，夜光杯乃西域所进，琵琶更是西域所产。因此，诗人一开篇便让读者进入了西域地区军士们宴饮的场面，在这个场面中，我们不仅能够感受到出征将士们豪爽开朗的性格，也能够感受到出征将士在出征前欢快宴饮的场景。

接着，诗作的最后两句“醉卧沙场君莫笑，古来征战几人回”由叙事转入抒情。这两句可以说是将士出征前的豪言壮语，并不是对生命不保的哀鸣悲叹。战场向来是残酷的，将士们往来于战场、参与战事往往九死一生，但是为了报效国家，即使是站在死亡线上，他们也要忠勇报国，毫不退缩。

也正是因为这份豁达开朗和视死如归、置生死于度外的气度，才使得将士在出征前豪饮醉卧，不拘小节。可以说，这是一份豪爽、豁达和兴奋的感情。当然，他们也似乎知道，这可能是他们最后一次喝酒了，可能下一刻就会身首异处。但是，在国家危难之际，将士们理应义不容辞，即使是前路艰辛、生死难料，也要奋力一搏，誓死保家卫国。

“古来征战几人回”是说自古以来，远赴边关的战士能有几人生还呢？这一句问句，不是在渲染战争的残酷，而是以此作为衬托，反映出征将士乐观豪迈的态度。因此，这一句看似有一种悲观伤感的情调，但是和前面的豪饮纵酒联系在一起，和出征将士们乐观豪迈的性情联系在一起，我们就会发现，这是一句充满爱国激情的报国壮士的表白。其中洒脱不拘、开阔无畏的状态就活生生地出现在我们的面前，成就了一个个抱定必死决心、誓要为国战死的英雄形象。

因此，这不是一句悲歌，而是一首斗志昂扬、激情满怀的出征前的诀别之言。在这里，诗人精心刻画了出征之前将士们纵酒豪饮的场景，此时，将士们醉卧沙场，豪放不羁，纵情欢宴，实际上是表达对出征后的一种决心和态度。此时，唐军将士们已经抱定了必死的决心，面对即将到来的惨烈的战斗已经无所畏惧，只求奋力一搏。

显然，唐军将士们有一种昂扬的斗志，有一腔报国的热情。他们在国家危难之际、用人之时，能够抛弃杂念，一心为国，不惧生死，冒死报国。这样的热情和斗志，在诗人明快流畅的诗句描绘中，显得铿锵激越。

总之，这是一首爱国主义的赞歌，在这首诗作的字里行间有一种乐观、健康、积极的报国热情和勇赴国难的壮志豪情。当然，这也是无数的仁人志士用自己的血肉之躯谱写而成的一部爱国史。

少　年　行

王维，自幼聪明过人，才华早显，尤其是在诗歌方面，他在十几岁的时候就已经是一位有名的诗人了。而且，王维生活在唐玄宗时期，这个时期是一个繁荣安定的时期，一个催人奋进的时期。因为，玄宗时期，政治清明，经济发展，提倡文教，天下大治，唐朝俨然进入了一个全盛时期。

而且，王维是一个至情至性的人，在这样的时代背景下，他积极努力，极力追求自己的理想。“少年识事浅，强学干名利。”青年时代的王维也十分向往功名，而且从青少年时代就积极参与求仕活动。在他 15 岁的时候，他就离家入京，游走于王公贵族之间，加上写得一手好诗，工于诗画，而且还有音乐天赋，其卓越的才能很快便赢得了王公贵族的青睐，为其及第入仕铺平了道路。

就这样，由于王维杰出的才能以及权贵们的举荐，王维年仅 21 岁就进士及第，真可谓是少年得志。可是就在那年，王维却因为伶人舞黄狮子事受到牵连，被贬为济州司仓参军。初仕遭贬使他感受到政治的险恶以及建功立业的艰难。但是，少年时期的王维并没有因此而丧失信心，丢开理想。

其实王维和许多想建功立业以扬名不朽的才士一样，一直对功名充满热情和向往，有一种积极进取的生活态度，有着远大的理想和抱负，希望能够凭借自己的才华和能力，开创一份伟大的事业。而这种壮阔的胸怀反映在他的早年诗歌创作中，就体现为一种波澜壮阔的宏伟气势和想要建功立业的进取态度。

比如，王维的《少年行》就反映出了诗人早年的赤子之心、爱国之情，以及对于自身缺乏报国机会、仕途坎坷的一种感叹，从而传递出一种积极的力量和追求。下面，我们就来一起看一下王维的这篇爱国主义诗歌。

出身仕汉羽林郎，初随骠骑战渔阳。

孰知不向边庭苦，纵死犹闻侠骨香。

全诗大意如下：“刚刚离开家就当上了皇家禁卫军的军官，随后又跟随骠骑大将军参加了渔阳大战。谁不知道奔赴边疆从军是多么艰苦和危险，但是为了国家，纵然战死也无悔无怨。”

在这首诗作中，诗人塑造了一位慷慨从军、大义报国、视死如归、可歌可泣的少年英雄形象。这位少年英雄很小便胸怀壮志，想要随军出征，建功立业，而且即使明知边地艰苦，甚至有可能战死沙场，也奋勇争先，毫不畏惧。因为那样可以流芳百世，胜过默默无闻地度过一生。可见，这位少年英雄是一个有着赤子之心、爱国之情的人，他不希望虚度年华，不希望碌碌无为，而是想要将有限的生命交付于保家卫国、建功立业的伟大事业。

实际上，王维的这首诗作正是描述了两千多年前汉武帝时期，长安城内所有有志少年的内心感受。此时，武帝雄才大略，匈奴时常滋扰边境，虎视眈眈，因此武帝时期曾发动多次对匈奴的战争，希望扫除外患，四海升平。也正是因为这样，在出征的时候，长安城所有的爱国少年、有志之士都希望能够跟随骠骑将军出征匈奴。当然，这些有志少年也都知道从军边塞的艰辛，知道战场上的残酷，但是他们仍旧无所畏惧，个个奋勇争先，希望报效国家、建功立业。然而，这些长安少年之所以如此奋勇争先，除了爱国之心和报国之志，更是因为骠骑将军霍去病的影响和激励。

霍去病出身低微，但却是一个少年英雄。元朔六年（公元前 123 年），汉武帝任命 17 岁的霍去病为骠骑校尉，结果霍去病以轻骑八百深入敌军腹地，斩敌过万，勇冠全军，被封为冠军侯。元狩二年（公元前 121 年），年仅 19 岁的霍去病被汉武帝任命为骠骑将军，于春夏两次率兵出击匈奴，歼敌万余人。

显然，霍去病是一位当之无愧的少年将军，英姿勃发，小小年纪即建功立业，获得极大的功勋和殊荣。而霍去病的经历也极大地激励了无数的有志少年，他们希望从军边塞，建功立业。诗人的这首《少年行》就表达了诗人对霍去病将军的崇敬和羡慕之情，反映了诗人内心深处也想报效国家、建功立业的雄心壮志。

在诗作的前两句“出身仕汉羽林郎，初随骠骑战渔阳”，诗人以平铺直叙的方式介绍了这位英雄少年的出身经历。这看似平淡的描述，实际上则流露出了诗人无限羡慕之情。诗人王维虽然聪明过人，才华早显，但是仕途坎坷，有志难伸，大部分时间是半官半隐，没有驰骋疆场、报效国家的机会。于是，在这里，诗人对少年英雄出身的叙述，实际上是在反观了自身的情况之后而发出的慨叹。

接着，“孰知不向边庭苦，纵死犹闻侠骨香”表达了少年英雄戍边建功的决心和捐躯报国的志向。边庭的苦算得了什么呢？少年英雄深知边塞的艰苦、环境的恶劣，甚至在对敌作战的过程中，还有可能身死魂灭，血洒疆场。但是，一颗年轻的心总是希望去闯荡和磨砺，即使是身死捐国，也胜过碌碌无为地度过余生。

在这里，诗人也寄予了自己深重的追求和理想。诗人借古喻今，情调激昂，暗示自己也想要报效国家，如果有机会能够驰骋疆场，即使是再苦也会义不容辞，即使是要献出自己宝贵的生命，也毫不退缩、畏惧。可见，最后这两句表现了诗人浓厚的爱国主义情感和希望建功立业的报国之志、壮烈胸襟。

总之，王维的这首《少年行》立意新颖，境界高远，堪称是爱国主义诗歌中的名篇。诗人在字里行间流露出来的豪情壮志也令人热血沸腾。读罢此诗，一个豪迈勇敢、一往无前、不惧生死的爱国少年形象呼之欲出。

塞下曲六首·其一

在唐代，边塞诗是一种十分普遍的诗歌题材，随手翻阅一下唐诗，我们就能发现为数不少的边塞诗，而且有名气的诗人都有或多或少的边塞诗流传于世。尤其是盛唐时期形成的边塞诗派更是留下了众多杰出的描写边塞的诗篇。可见，唐代边塞诗取得了不小的成就。

自然，伟大诗人李白也不例外。虽然李白并不以边塞诗而闻名，也没有真正地到过边塞，但是其边塞诗的诗歌成就也是不同小觑的。他也留下了不少令人传唱不已的边塞诗。

当然，这和李白生活的年代也是有极大关系的。据资料显示，李白生活在大唐的开元、天宝年间。其间，唐代的边塞战争频发，一直持续不断。开元之前，唐朝对外的政策主要是御敌守边、保家卫国。而天宝年间，唐朝国力强盛，这段时间的主要任务则是开拓疆土，扩大领地。

就在这样的大环境的影响下，人们普遍把边塞看成是男儿驰骋四方、建功立业的大好地方。事实也确实如此，出身边塞而出将入相的人不在少数。因此，渴望出将入相的李白，他把希望和理想也自然而然地寄托在了充满传奇色彩的边塞生活之中。他渴望在边塞建功立业，希望为国效力，实现抱负。

而在这个过程中，杰出的诗人李白也留下了不少描写边塞战事的诗作。其中《塞下曲六首·其一》就是其中十分具有代表性的诗篇。

下面，我们就来一起看一下诗人李白的这首饱含爱国深情的诗作。

五月天山雪，无花只有寒。
笛中闻折柳，春色未曾看。
晓战随金鼓，宵眠抱玉鞍。
愿将腰下剑，直为斩楼兰。

全诗大意如下："五月的天山积雪重重，虽然没有满空飘舞的雪花，却只觉寒气逼人。这时，笛子吹着《折杨柳》的曲调，但又何处寻觅杨柳青青的春天？如今，白天随金鼓之声作战，晚上靠着马鞍入眠。对此，我只愿挥起腰下的宝剑，能够过关斩将，打败敌人。"

诗人在这首诗作中为我们表现了边关将士思念家乡、为国效力的爱国主义精神。在这首诗中，诗人通过对边地环境的描写以及出征戍边将士的思乡之情来突出反映了将士们克服困难、不畏艰辛、为国效力的爱国主义热情和斗志。

诗歌的开首两句“五月天山雪，无花只有寒”描写了边地的苦寒。此时是五月时分，在内地正值盛夏，恰是正热的时候，然而边塞之地却是寒气逼人，令人瑟瑟发抖。虽然天空中也并没有看见飘舞着的雪花，但是厚重的积雪却足以令边地寒气侵骨，令戍边的军士们饱受严寒。而这时都已经是五月了，如果到了冬季，那么边地就更加寒冷刺骨了。然而，就是在这样的环境中，戍边军士们依旧坚守阵地，保家卫国，不畏艰辛、不惧严寒。

接着，“笛中闻折柳，春色未曾看”，表达了戍边将士们的思乡之情。虽然将士们直到夏季，仍然经受着严寒的考验，但是他们的心中却从没有丧失对春天的渴望，没有忘记身处内地的家乡和亲友。正如中唐诗人李益在《夜上受降城闻笛》中写的那样：“不知何处吹芦管，一夜征人尽望乡。”恰在这时，又听见响起《折杨柳》的曲调，将士们对故乡、对家人的思念之情就更加浓重了。

然而，这时将士们并没有因为严寒、因为环境的艰苦而退缩畏惧。这里，诗人笔锋一转，在第五、六句展现出了戍边将士们洒脱而奔放的军旅豪情和爱国之志。诗作的五、六句“晓战随金鼓，宵眠抱玉鞍”首先写出了戍边将士们异常紧张的军旅生活。在古代，一般军队行军要鸣金击鼓，以整齐统一的步调来向前行进。这看似是一种普通的叙述，但是跟随着战鼓行军，也烘托出了十分紧张的气氛。一声声的鼓声催促着军士们前进的步伐，这本身就是战场上一种十分紧张的节奏，它催促着将士们奋勇向前，一马当先。尤其是“宵眠抱玉鞍”更是把这种紧张的状态向前推进了一层。晚上将士们只能抱着马鞍打盹，连卸甲休息的时间都没有，丝毫也不敢放松。可见，此时的军情战事是多么的紧张，军士们时刻枕戈待旦、怀抱马鞍，随时准备着要奔赴战场，与敌人进行战斗。

同时，诗作的第五、六句也表现了将士们在恶劣的环境下，虽然身心经受着极大的考验，但是他们依旧能够依靠坚强的意志和对祖国的忠诚克服眼前的困难，心寄战场，时刻准备着抵御外敌，渴望建功立业。

对此，其中“抱”的运用恰到好处，十分传神。在此处，诗人并没有用“枕”，看来，军士们时刻都保持着紧张的备战状态，几乎没有枕在头下好好地休息休息的时间。士兵们抱着马鞍，一旦有什么军情就能够立即出发，奔赴战场。

最后，诗作的七、八两句“愿将腰下剑，只为斩楼兰”，更是把戍边将士的爱国之情、报国之志表现得鲜明而突出。这里诗人还化用了西汉傅介子的故事，表现了诗人甘愿赴身疆场，为国杀敌的雄心壮志。据说，由于楼兰（西域国名）王贪财，屡次截杀前往西域的汉使，傅介子受霍光派遣出使西域，计斩楼兰王，为国立下大功。此诗最后正是借此表达了边塞将士的爱国激情。

其中，这两句中的“愿”和“直为”相呼应，语气斩钉截铁、铿锵有力，使得整篇诗作顿时生出一股激昂之气，喷涌而出。显然，戍边将士的爱国激情和战斗热情并没有因边地环境的残酷而有所减损。相反，它还极大地激励着守边将士赴身疆场、为国杀敌的雄心壮志。

可见，在戍边将士的心中，拥有着一份保家卫国的信念，拥有着一份杀敌报国的雄心。正如王昌龄在《从军行》中写的那样：“黄沙百战穿金甲，不破楼兰终不还。”戍边将士对于保家卫国、守土安民有一份极大的责任感和使命感，并且能够为此做出最大的牺牲，从而实现边地安宁。

无疑，这是一个雄快有力的结尾，也是诗人灌注在全诗中的主题意旨。诗人在一系列的艰苦背景的描述下引出主旨，使得整首诗篇都浑然有力，读来令人对戍边将士心生无限的敬佩之情。

塞下曲六首·其六

“修身、齐家、治国、平天下”，是中国传统儒家学说历来倡导的思想，在文人儒士的心中留下了深深的烙印。因此，“学而优则仕”成为大多数文人的必然选择。而伟大诗人李白也不例外，他有着远大的政治理想和抱负。

李白从小就受到良好的教育，博览群书，熟读儒家经典、古代文史名著以及诸子百家之书。在这样的知识储备下，他深受司马相如、谢安等著名政治家、军事家的事迹影响，从小便立下了远大的政治志向，有一种建功立业的政治抱负。正如他在《代寿山答孟少府移文书》中写的那样，他要“申管晏之谈，谋帝王之术，奋其智能，愿为辅弼，使寰区大定，海县靖一”。

可见，李白要做一位辅弼君主的重臣，要使得四海升平、百姓安居乐业。确实如此，积极入世、关心国家是李白一生思想的主流，这也构成了他诗歌作品中积极进步内容的重要基础。尤其是其边塞诗，深刻而形象地表露了诗人李白伟大的政治抱负以及希望建功立业的报国热情、爱国热诚。

其中，李白的《塞下曲六首·其六》就很好地体现了这一点，诗作以乐观高亢的基调表达了自己希望投身边塞、为国效力的雄心壮志。

下面，我们就来一起看一下李白的这首诗作。

烽火动沙漠，连照甘泉云。
汉皇按剑起，还召李将军。
兵气天上合，鼓声陇底闻。
横行负勇气，一战净妖氛。

全诗大意如下：“烽火在沙漠的深处燃起，但是没过多长时间就连绵直到甘泉宫，甚至照亮了甘泉宫上空的云层。此时汉武帝见形势危急，于是握剑拍案而起，回头召见李广将军。而接下来的战斗更是异常激烈，战斗的气氛弥漫着天空，震天的鼓声连山坡底下都可清晰听见。然而，赢得这场战争、横行战场靠的是勇敢的气魄，在将士们的奋勇拼杀下，一仗就消灭了敌人。”

细细读来，这首诗作疏荡放逸、豪气充溢，令人热血沸腾。而且，诗人李白在诗作中为人们塑造了一位英勇无敌、破虏平乱的英雄人物。从这首诗作的字里行间，我们也能够发现诗人心中慷慨从戎、报效国家的伟大理想。显然，诗人是一位忧心国事、志在报国的爱国主义诗人。

首先，在诗作的前两句“烽火动沙漠，连照甘泉云”中，诗人描写了边塞燃起战火的场景。此次是匈奴南侵引起的战争。事实上，中原地区长期遭受北方游牧民族的侵扰，而唐朝时北方突厥非常凶悍，经常侵入唐朝的境地，对李唐王朝形成了长期严重的威胁。因此，唐朝建立之后，为了解除北部突厥的威胁，就在军事上积极地做出准备和部署，为北征创造有利的条件。虽然在这个过程中，突厥势力得到很大程度的压制，但是突厥从来不会安分地发展。直至开元年间，突厥和唐朝的战争还时有发生。

在这里，诗人并没有直接描述唐军抗击突厥的战争，而是把这首诗作的背景放在了汉朝，选择了汉军抗击匈奴的题材。这是诗人一种隐晦的表现手法。在诗作的前两句，诗人除了描写边塞之地燃起战火，还表达了军情如火的形势。战火起于边地，但是很快便连绵到甘泉宫，甚至能够把甘泉宫上方的天空照亮。

显然，匈奴发动的这场战争是十分迅捷的，而且来势汹汹，有一种势不可当之势。也正是出于这样危急的形势，就连皇帝也已经坐不住了。“汉皇按剑起，还召李将军。”汉武帝拔剑而起，迅速召回李广将军，集结兵士，出兵反击。可见，这是国难当头的危急时刻，汉武帝这才紧急调集杰出将领李广回兵反击。

接着，诗人就具体描写了这场反击战的惨烈场景。“兵气天上合，鼓声陇底闻。”大汉军队在著名将领李广的带领下士气高昂，英勇抗敌，舍生忘死，与敌军殊死战斗，使得鼓声震天。显然，在这次反击战中，诗人对于正义的汉军给予极力赞美之语，把战士们奋勇杀敌、无所畏惧的英雄气概和爱国之情展现得淋漓尽致。可见，汉军将士在对敌作战中，有着非凡的作战能力和浓烈的报国热情。

“横行负勇气，一战净妖氛。”诗人进一步描绘汉军将士英勇作战的英姿。而且，指出此次对敌作战，全靠将士们的英勇无畏、舍生忘死。也正是因为如此，才使得大汉又一次取得了对匈奴战争的胜利，并以迅雷不及掩耳之势消除了匈奴对大汉的威胁。

从这句诗作中，我们能够发现诗人对汉军将士的敬佩和赞美之词溢于言表。显然，在大唐时期，诗人的心中有一种投笔从戎、报效国家的雄心壮志。在突厥对唐朝的冲突中，诗人李白也想要投身到抗击匈奴的战争中去，为国杀敌，驱除外患，实现国家安定、人民安居乐业。无疑，在诗人李白的心中，也有一颗英雄心，也有一场报国梦。

事实上，盛唐时期有无数的爱国志士和有为青年希望投身军旅、杀敌为国、建功立业。诗人李白作为杰出的爱国诗人，当然也不例外。他豪放不羁的性格和出众的才能使他具有一种济世之志，一颗报国之心。

春　望

天宝十四年（公元 755 年）十一月初九，安禄山趁唐朝内部空虚腐败，以“忧国之急，奉密诏讨伐杨国忠以清君侧”为借口起兵叛乱。而当时，全国承平日久，民不知战，军技偏废，因此安禄山的大军虽然遇到一定的阻碍，但是很快便攻破守军，都城长安不久便沦丧。

就这样，在安史叛军的铁蹄下，国家支离破碎，百姓流离失所，人民的生产生活都受到了极大的破坏。在这样的背景下，唐肃宗至德元年（公元 756 年）八月，忧国忧民的爱国诗人杜甫前往灵武投奔唐肃宗。可不幸的是，途中却被叛军所俘。被俘之后，杜甫目睹了安史叛军给国家和人民造成的巨大伤害和破坏。

尤其是次年杜甫被押解到长安之后，更让杜甫有一种国破家亡之感。来到长安之后，杜甫发现此时的长安已经今时不同往日，长安城被安史叛军焚掠一空，满目凄凉，虽然春回大地但仍然满城萧瑟，不见昔日的繁盛。看到此情此景，杜甫的心中波涛翻滚，触景生情，发出了深重的忧伤和感慨，并作诗一首，寄予胸怀。

在这首诗作中，饱含了诗人杜甫的忧国之心和爱国之情。下面，我们就来一起看一下诗人这首饱含浓情的爱国主义诗作。

国破山河在，城春草木深。

感时花溅泪，恨别鸟惊心。

烽火连三月，家书抵万金。

白头搔更短，浑欲不胜簪。

全诗大意如下：“国都已经被攻破，只有山河尚且残存，但是此时长安城满目凄凉，到处是草木丛生。看到此情此景，不禁生发无限的伤感。而伤感时，花儿也跟着自己流泪，听到鸟鸣也会觉得十分惊心。战火长久不熄，给家人写信报平安，比给家中寄黄金万两还要珍贵得多，好得多。为了国事，自己愁白了的头发越搔越少，少得简直都绾不起来了。”

显然，从这首诗作中，我们可以看出，诗人杜甫在诗作中寄予了自己崇高的理想，流露出了深浓的报国之情和爱国之心。

在诗作的开头两句“国破山河在，城春草木深”，一开篇诗人便描写和交代了眼前的所见所闻。此刻，长安沦陷，国家残破，乱草遍地，林木葱葱，一个“破”字令人触目惊心，满眼凄怆，一个“深”字更是让人心生凄凉，悲痛难当。

可见，在这里诗人虽然句句在写景，但实际上却是句句在抒情。从这两句中，诗人为全诗营造了一种悲怆凄凉的情感基调，使得全诗充溢着一种悲壮之感，让人读来瞬时就陷入了一种突然哀痛的伤感之中。

接着，诗人哀痛的情绪进一步增强。“感时花溅泪，恨别鸟惊心。”诗人触景生情，看到眼前盛开的繁花，也不禁涕泪四溅；听到鸟儿鸣叫，似乎它们的内心也感觉得到离愁别绪。在这里，诗人运用拟人化的手法间接而形象地描写了自己眼下的精神状态。此时，诗人心里是极为敏感和脆弱的。他眼前的一切似乎也已经笼罩了一层悲伤的阴云，因此，一切景物都映照着诗人悲怆的内心，也正是因为这样，诗人才看到了“花溅泪”、“鸟惊心”。

“烽火连三月，家书抵万金。”这里指出连绵的战火已经延续了很长的时间，与家人之间联系的讯息因为战事的阻隔、国家的残破，甚至抵得上一万金的的价值。在这里，诗人不仅准确地概括了在战乱之中盼望亲人平安消息的共同心理，道出了人之常情，也写出了因为消息隔绝、久盼音讯而不到的迫切心情。

当然，这一切都在无形中透露出了这场战争的惨烈。自从天宝十四年（公元 755 年）十一月安史之乱起到诗人《春望》写作时，已经过了两三个月，所以说是“连三月”。这场旷日持久的战争给整个国家和人民都造成了极大的伤害。

最后，诗人在结尾处直接抒发了一种深浓的情感。“白头搔更短，浑欲不胜簪。”诗人愁绪缠绕，头发脱落，白头发越搔越短，简直都不能插簪了。前一联写了忧国忧民之愁绪，情景悲苦。“白头”是因为愁绪太多，“搔”即表示抓挠，表情心情烦乱。“更短”说明愁的程度越来越深。在国破家亡、离乱伤痛之外，诗人又叹息衰老，更增添一层悲愁。

总之，诗人以写长安城里草木丛生为引，虽然句句都是写眼前的所见所闻，可是在诗作的字里行间都充斥着山河破碎之感，反映了诗人热爱国家、眷恋家人的沉痛心情。而且，整首诗作写得铿然作响、气度雄浑，千百年来一直历久不衰，脍炙人口，感染和激励着无数的爱国志士和有为志士。

雁门太守行

李贺生活的时代是一个充满苦难和波折的时代，这个时代一度藩镇割据、宦官擅权、朝政腐败、奢靡成风、民生凋敝。可以说，这是一个政治危机十分严重的时代。然而，李贺拥有极大的报国热情和挽救民族危亡的雄心壮志。他不忍心看着藩镇割据扰乱大唐盛世，不忍心国家就此分崩离析。因此，李贺从小就立下宏愿，希望能够为国扫除敌患，讨伐藩镇叛乱，建功立业，报效国家。

永贞元年（公元 805 年）八月，唐宪宗即位，在他祖父十多年的努力之后，他开始执行削藩政策。然而，削藩政策一执行就引发了叛乱。元和元年（公元 806 年），剑南西川节度使发动叛乱，宪宗派兵出征，很快便平定。次年，也就是元和二年（公元 807 年），镇海节度使叛变，宪宗派兵征讨，不久也被剿灭。

而李贺的这首《雁门太守行》正是作于此时。这时，李贺仅仅 17 岁，年纪轻轻的李贺看着此起彼伏的藩镇叛乱，无不忧心如焚，急欲奔赴战场，为国杀敌，为国立功。这一时期他在诗作中对于英勇奋战的唐军将士也给予了极高的评价和极大的礼赞。下面，我们就来一起看一下李贺的这首洋溢着爱国主义热情和战斗激情的壮丽诗篇。

黑云压城城欲摧，甲光向日金鳞开。
角声满天秋色里，塞上燕脂凝夜紫。
半卷红旗临易水，霜重鼓寒声不起。
报君黄金台上意，提携玉龙为君死。

全诗大意如下：“战争的乌云翻卷着席卷而来，像是要把城楼压垮一样，而鳞片状的铠甲在日光照射下却也金光闪闪。同时，号角的声音在这秋色里响彻天空，夜色中塞上泥土犹如胭脂凝固而成，浓艳得近似紫色。寒风卷动着红旗，部队已经抵达易水，凝重的霜湿透了鼓皮，鼓声低沉而不响亮高扬。士兵们为了报答国君的赏赐和厚爱，手执宝剑甘愿为国血战到底。”

从这首诗作中，我们不难发现，诗人在这里描绘了唐军对敌军作战时的准备以及战斗的场景。在这一系列惨烈的场面中，我们仿佛看到了一个个披坚执锐、严阵以待的守城将士为了保家卫国，誓死报效、浴血奋战的场景。显然，这是一群英勇的将士，一个威武雄壮的队伍，在国家面临危险、需要将士出力的时候，能够不惧艰难，不怕牺牲，甘愿抛头颅、洒热血，用自己的血肉身躯守土安民。

首先，诗作的前四句“黑云压城城欲摧，甲光向日金鳞开。角声满天秋色里，塞上燕脂凝夜紫”描写了日落前的情景，也极尽能事地渲染和传递了对战前夕的紧张气氛和危机形势。

其中，“黑云压城城欲摧”只一个“压”字就把敌军的人马众多、来势汹汹的态势描写出来，而且，从这一句简单而又形象化的描述中，我们也能发现，敌我力量悬殊，敌众我寡，唐军将士守城处境艰难凶险。但是，唐军将士面对来势汹汹的敌人没有畏惧逃避，没有退缩迟疑。唐军守城军士都拥有着昂扬的斗志和必胜的决心。

也正是因为这样，在乌云蔽日之后的没多大一会儿，一缕阳光就穿透乌云，射在唐军每一个将士的铠甲之上，顿时使得每个将士身上金光闪闪，耀人眼目。可见，唐军将士，此刻正披坚执锐，严阵以待，显然唐军守城的将士士气十分高昂。当然，这冲破乌云的一缕阳光可能是现实描写，也可能是诗人用来造意的手段。但不管怎样，战事的危急以及唐军将士的昂扬斗志和战斗热情是毋庸置疑的。

接着三、四两句，“角声满天秋色里，塞上燕脂凝夜紫”分别从听觉和视觉两个方面铺垫惨烈的战斗气氛。在听觉上，此时正值深秋，一片萧瑟枯萎之景状，此时满天的号角声也铺天盖地而来。显然，一场惊心动魄的战争正在进行着。然而，唐军守城将士在势孤力弱的情况下，也并没有怯懦，他们同样在号角的激励下，士气高昂，奋力反击，与敌军殊死搏斗。在视觉上，诗人描写了在夜色中，塞上泥土中鲜血浓艳得如同紫色。可见，这场战斗是十分惨烈的，唐军将士和敌军之间的鏖战，从白天持续到了黑夜，那大块大块的军士们的鲜血透过夜雾呈现出如同胭脂般的紫色。

然后，唐军将士夜袭敌营，决定誓死报效国家。“半卷红旗临易水”就描述了这次夜袭的场景，其中“易水”是指交战的地点，但也无形中暗示唐军将士的一种壮怀激烈的豪情和视死如归的精神。继而，诗人描写了唐军将士夜袭敌军时的战斗场景。这里，诗人选取了其中的一个片段，那就是，由于天寒霜重，战鼓也都已经无法擂响。可见，唐军夜袭是面临重重困难的，虽然有驰援部队，但这无疑又是一场惨烈的战斗。

面对重重困难，唐军将士并没有退缩、畏惧。相反，在这种堪称绝境的环境下，军士们斗志昂扬，决定誓死报效国家，捍卫国家利益。“报君黄金台上意，提携玉龙为君死。”这最后两句引用“黄金台”的典故，表达了唐军将士决定死战的决心和战斗意志。据说，“黄金台”是战国时期燕昭王修建的，他曾不惜把大量的黄金放在台上，以重金招揽人才。可见，唐军将士此次决心以自己的血肉之躯报答国君和国家，宁愿为国战死也要赢得战争的胜利。显然，这是一句英勇烈士的宣言，是一句洋溢着浓烈的爱国主义情感的表白书。而且，诗人李贺也和众多的唐军将士一样，希望能够在国家危难之时，为国献身，建功立业。但是，现实情况却是自己一直得不到赏识，虽然少有才情，但却英雄无用武之地，有志难伸。

总之，诗人李贺在这首诗作中，塑造了一个慷慨激昂、逆境奋战、决心誓死报效国家的军士形象、英雄人物，表达了唐军将士忠勇爱国的激情和诗人自己内心浓烈的爱国热情和报国之志。

南园十三首·其五

李贺才思聪颖，是唐代的著名诗人，被称为“鬼才”。李贺字长吉，福昌（今河南宜阳）昌谷人，后世称他李昌谷。然而，李贺的仕途却异常坎坷，终其一生都郁郁不得志。也正是因为这样，在李贺的诗作中，大都针砭时弊，有一种生不逢时、有志难伸的苦闷和伤感。

实际上，李贺作为一名书生，很早就已经诗名远播了。他 7 岁能辞章，15 岁工乐府，与李益齐名。按理说，根据李贺的才情和学识，他本可以早登科第，振其家声，但是命运多舛，李贺“年未弱冠”，父亲李晋素就辞世而去。按照当时的规定，服丧“务必以三年全期为限”，所以李贺未能及早参加科举。加上，妒才者还放出流言，称李贺父亲名叫李晋素，“晋”与进士的“进”同音，如果李贺参加科举，考取进士，就会冒犯父亲名讳，是为不敬。所以，李贺应该避父讳而不举进士。

虽然，后来李贺在韩愈的鼓励下参加科举，但是无奈礼部官员昏庸草率，李贺虽然应举赴京，却因为这一看似合理的理由被拒之门外，惨遭落第。就这样，李贺的仕途因为封建礼教被无情地堵死了，使他没有机会施展自己的才能，实现自己的理想和抱负。

同时，又由于李贺出身于一个破落的贵族之家，远祖是唐高祖李渊的叔父李亮。虽然不是嫡系，但武则天执政时期大量杀戮高祖子孙，到李贺父亲李晋素时，李家早已经家道中落，一家人住在偏僻的昌谷。因此，命运坎坷的李贺注定了在仕途上难以有所发展，李贺这一生也注定了有志难伸。

不过后来，由于韩愈的推荐，元和六年（公元 811 年）五月，李贺做了一个小小的九品奉礼郎。就这样，李贺在长安做了三年的奉礼郎。但是，由于升迁无望，功名无成，李贺的哀愤孤寂之思与日俱增。加上，三年后，李贺的妻子病故，他痛失爱人，忧郁成疾，遂于元和八年（公元 813 年）春告病回昌谷家乡南园休养。在南园的日子，李贺虽然忧病缠身，但却又不甘沉沦，身体稍微好转后，决然辞去奉礼郎之职，欲举足南游，希望能够在南楚或吴越一展才华，实现抱负。

也正是在这个时候，在闲居南园的这段时间，诗人李贺写下了饱含着他建功立业壮志和爱国热情的诗篇《南园十三首》。

下面，我们就来一起看一下李贺《南园十三首》中的第五篇诗作，深深体味李贺对理想和抱负的追求，以及希望报国救国的爱国热情。

男儿何不带吴钩，收取关山五十州？

请君暂上凌烟阁，若个书生万户侯？

全诗大意如下："男子汉大丈夫为什么不佩带武器，报效国家，去收取关山五十州呢？那么请你不妨登上那画有开国功臣的凌烟阁去看看，又有哪一个书生曾被封为食邑万户的列侯呢？"

从这首诗作中，我们不难发现，这首诗作的字里行间透露着深浓的家国之痛和身世之悲。在诗作的一开头，诗人就以设问的方式来开启全诗。当然，这是设问，其实也是在自问，对于赋闲在家的自己有一种无奈和责问，可见在诗人的心中，始终有一种报效国家的使命感和责任感，一直希望自己能够为国出力。显然这句诗带有一种国家兴亡、匹夫有责的豪情誓言。

"男儿何不带吴钩"，起首一句就以宏大的气势设问的语气铺张开来，表达出了好男儿理应志在四方、建功立业的宏愿。接着"收取关山五十州"更是气势磅礴、一气呵成，让人读来就犹如一泻而下的悬流瀑布，让人瞬间热血沸腾，一种爱国主义思想顿时在心底不安分了起来。

这是诗人心中一种宏大的气势和极大的魄力。不过也确实如此，作为一个大好男儿，就应该把自己的热血奉献在祖国的疆土上，就应该时刻挂念国家荣辱，立志为祖国尽自己的力量，收复祖国的大好河山。也正是因为这样，诗人在看到安史之乱后，藩镇割据，山河破碎，民不聊生，自然不甘心蛰伏乡野，就此碌碌一生，无所作为。

因此，诗人以昂扬的斗志、激越的胸怀，节奏鲜明地发出了这般的声音，要立志佩带武器，结束藩镇割据的局面，维护国家统一和安宁。可见，诗人是一个向往建功立业、报效国家的人，在诗人的心中，始终有一份理想和抱负，始终希望能够凭借自己的力量，为祖国的宏伟事业增姿添彩。

然而，现实生活中，诗人李贺一直郁郁不得志，有志难伸。尤其是面对国家迫在眉睫的危机和藩镇割据造成的混乱，李贺的心中始终难以平静，不能自已。辞官回到昌谷之后，李贺仍旧雄心不已，有一种势在必行的动力和愿望，希望在国家如此危急的情况下，身先士卒，投笔从戎，“收取关山五十州”。

其中，“男儿何不带吴钩”中的“何不”就很好地表现了诗人寄予的理想和追求，同时也暗示了军情的危急和诗人自己虽然赋闲在家但仍旧对国事焦虑不安的心情。诗人李贺面对烽火连天、战乱不已的危唐，看着自己如今有志难伸、赋闲在家的状态，不禁焦急万分，恨不得立刻就带着武器奔赴战场，实现自己报效国家、实现国家统一安定的伟大理想。

当然，诗作的次句“收取关山五十州”中的“取”字也应用得恰到好处，有一种势如破竹的气势，由此可以想见诗人李贺面对国家危急的焦急心态，以及自己必将能够顺利地收取关山五十州，实现自己的理想和追求的信念。

因此，此时的李贺有一种投笔从戎的志向，也有一种削平藩镇、实现统一的责任感和使命感。诗人似乎已经深切地感受到，在这样一个山河破碎、战乱频仍的时代，拿“笔杆子”始终比不上“带吴钩”，可是自己连考取进士的资格都没有，想要投笔从戎、建立战功也绝非易事。

接着，在诗作的最后两句“请君暂上凌烟阁，若个书生万户侯”，诗人李贺又以活生生的实例道出了自己希望建功立业的迫切心态和为国操持的理想和追求。实际上，诗人李贺是一个充满爱国思想的人，但是终因为各种各样的原因有志难伸，有国难报。所以，作为一个才华横溢的书生，李贺有一种深深的自责和悔恨。这里，诗人不禁问道，唐太宗贞观十七年（公元 643 年）悬挂在凌烟阁的二十四开国功臣有哪一个是书生出身的呢？显然，诗人对于自己的书生身份有一种自嘲，如今自己仕途坎坷，辞官回家，空有报国之志，但却报国无门，因此诗人的心中流露出了投笔从戎的必要性和怀才不遇的激愤之情。

而且，诗人在这里由慷慨激越转为哀怨沉郁。这种情感的转变，既能够反映出反衬的笔法，也能够体会到诗作中的起伏节奏。然而，也正是在这起伏之中，把诗人李贺抱负难酬的理想和追求表现得淋漓尽致，将诗人一心想要建功立业、报效国家的雄心壮志和爱国之情也展露无遗。

总之，这是李贺的一首传达报国之志、爱国情感的诗作，尤其是开首两句“男儿何不带吴钩，收取关山五十州”，成为激励一代代爱国志士的醒世恒言，为后世无数人传唱。

江城子·密州出猎

苏轼，自子瞻，又字和仲，号东坡居士，是北宋著名的文学家，其诗、词、赋、散文成就都很高，而且擅长书法和绘画，堪称是中国文学艺术史上罕见的全才，是中国数千年历史上文学艺术造诣最杰出的大家之一。不仅如此，苏轼还是一位心忧国家，具有爱国之心、报国之志的忠勇之士，其希望报效国家、建功立业的雄心壮志有目共睹。

嘉祐二年（公元 1057 年），苏轼与弟弟苏辙同科进士及第，入朝为官。但是，好景不长，苏轼的政治生涯没多久就遇到了极大的阻碍。熙宁二年（公元 1069 年），宋神宗赵顼即位后不久即任用王安石变法，而在立新法的过程中苏轼和王安石因为政见不合发生不快，随后即被罢免官职，被外放到杭州做通判。后来，宋神宗熙宁七年（公元 1074 年），苏轼任杭州通判满任后转任密州太守、密州知州。

可以说，在密州的这段时期，苏轼的生活是寂寞和失意的，是狂热而愤懑的。因为，北宋仁宗、神宗时代，由于国力不振、国势羸弱，宋朝经常会受到辽国和西夏的侵扰，倍受屈辱。比如，西夏曾在公元 1073~1074 年连年攻占宋朝州县。然而此时，自己空有报国之志、爱国之心，但却得不到赏识，能力得不到施展，尤其是在国家屡遭外敌入侵之际，自己却惨遭外放。所以，苏轼的心中一直积蓄着一股力量，希望能够早日还朝，为国效力，为君解忧。

同时，苏轼还是一个具有民本思想的人，他为官以来勤政爱民，每到一处都颇有政绩，为百姓所拥戴。一次，苏轼携众人密州出猎，城中百姓皆奔走相告，共襄盛举。此情此景，苏轼不禁豪情满怀，也正是因为这样，这次出猎不仅让苏轼联想到了国事，还联想到自己怀才不遇、壮志难酬的处境，不禁以西汉魏尚自况，希望朝廷能派遣冯唐一样的使臣，前来召自己回朝，得到朝廷的信任和重用。而这种思想和渴求就体现在他的词作《江城子·密州出猎》中。

下面，就让我们一起来感受一下苏轼这篇《江城子·密州出猎》中散发出的爱国主义热情和报国壮志。

老夫聊发少年狂，左牵黄，右擎苍。锦帽貂裘，千骑卷平冈。为报倾城随太守，亲射虎，看孙郎。

酒酣胸胆尚开张，鬓微霜，又何妨！持节云中，何日遣冯唐？会挽雕弓如满月，西北望，射天狼。

全词大意如下："让老夫也暂且抒发一下少年的豪情壮志，左手牵着黄犬，右臂托着苍鹰，戴着华美鲜艳的帽子，穿着貂皮做的衣服，带着上千骑的随从疾风般席卷平坦的山冈。而且为了报答满城的人跟随我出猎的盛情厚意，我还要像孙权一样，亲自射杀猛虎。

"我痛饮美酒，心胸开阔，兴致更浓，胆气也更加豪壮，虽然我已经两鬓发白，但这又有何妨呢？不知道什么时候皇帝会派人下来，就像汉文帝派遣冯唐去云中赦免魏尚的罪一样来起用我？到那时，我将使尽全身力气拉满雕弓就像满月一样，朝着西北瞭望，奋勇射向西夏的军队。"

在这首词作中，词人苏轼通过描写一次出猎的壮观场面，借助历史典故抒发了词人杀敌为国的雄心壮志，体现了其为了效力国家、抗击侵略的豪情壮志，并委婉地表达了自己期盼得到朝廷重用的美好愿望。

首先，在词作的上阕，一开篇便以"狂"字统管全局。可事实上，此时苏轼年仅四十，对于一个男子来说，正值盛年，不应言老，不过这里苏轼以"老夫"自称，显然此时苏轼的内心是比较抑郁的，有一种自嘲意味和对理想的寄托，希望自己的有用之身能够尽早受到重用，否则垂垂老矣，就恐怕难当大任了。这是一种壮心不已的英雄本色。

接着，苏轼描写了此次出猎的雄壮场面，表现了自己威武豪迈的气概。苏轼左手牵着黄狗，右手托着猎鹰，头上戴着锦绣制作的帽子，身上披着貂皮的外衣，这一身猎装，可以说把苏轼装点得气宇轩昂、威武雄壮。尤其是“千骑卷平冈”更是突出表现了太守率领的打猎队伍气势磅礴，个个勇猛无比。

而且，此次打猎的场面还引来了全城的百姓，百姓们都来看太守行猎，可以说是万人空巷。可见，这是一场声势浩大、惊动全城的行猎活动。也正是因为这样，太守的内心备受鼓舞，信心满满，斗志昂扬，为了报答随行百姓观看自己行猎的厚意，他还决定要在这次行猎的活动中，亲自射杀老虎，让大家都看看当年孙权搏虎的情景。

在这里，苏轼在词中用寥寥数语就塑造了一个雄心勃勃、勇猛英武的太守形象，深深地表达了苏轼身上壮志未酬的英雄气概以及爱国报国的激情和壮志，而他个人就像打猎时的英武雄壮的太守一样，一旦有机会便能够出手不凡，在万众瞩目之下肩负重任，实现报国的宏伟目标。

然后，词人苏轼延续着上阕的“狂”，带着雄心壮志继续铺张开来，表现了其“少年狂”的胸怀，抒发了其豪放不羁之意。其实，苏轼是一个天性豪放的人，加上纵酒之后，更加豪情满怀，情难自抑。就这样，在出猎之际，苏轼塑造的自我化身太守，痛痛快快地豪饮纵酒，意气十足，胆气正壮，内心真实的想法呼之欲出。

紧接着，苏轼更是直接地抒发了自己的雄心壮志，虽然自己年事已“高”，鬓角有些许的发白，但是却仍然希望朝廷能够像汉文帝派遣冯唐持节赦免魏尚一样，得到朝廷的信任和重用，对自己委以重任，让自己奔赴战场，抗击敌寇。

这里苏轼运用“遣冯唐”的典故来表达自己的报国之心。据记载，汉文帝时期，魏尚是云中太守，抵御匈奴有功，但却因上报战功时交的敌人首级与他报的数字差六个人头，汉文帝就把他罢官、削爵、判刑。后来，汉文帝采纳了冯唐的劝谏，派遣冯唐拿着符节到云中赦免了魏尚。

最后，“会挽雕弓如满月，西北望，射天狼”。苏轼直抒胸臆，直截了当地抒发自己的兴国安邦之志，展现了作者雄心勃勃、志在千里的英风豪气。终有一天，他要把弓弦拉得像满月一样，狠狠地抗击西夏和辽军的侵扰，将西北边境的敌人统统一扫而光。这种豪情壮志，是苏轼内心的真实写照，他希望自己能够受到重用，奔赴疆场，杀敌报国，有力地抗击侵略者。

总之，苏轼在其词作中以出猎开始，完成了一幅声势浩大、壮怀激烈的行猎图。更为重要的是，苏轼在这张行猎图中彰显了自己为国守边的爱国、报国之志，抒发了自己壮志满怀的英雄气概，把利剑直指可耻的侵略者。就这样，词作由记叙转为抒情，自然而然地表现出了词人自己志在杀敌报国的政治热情和英雄气概。可以说，这是一篇充满爱国激情的作品，词人的字字句句都透露出他冲天的豪情和爱国、报国的伟大志向。

念奴娇·赤壁怀古

宋神宗熙宁年间，王安石任宰相，曾发动变法，史称“王安石变法”。这是中国历史上继商鞅变法之后的又一次规模巨大的社会变革。可是，变法遭到大地主、大官僚的强烈反对，以至于最终失败。而变法失利后，王安石又在元丰年间从事改制，做出调整。可是苏轼对新法中的诸多主张却不敢苟同，并在自己的诗文中表露出对新政的不满。

毕竟，苏轼是当时文坛的领袖，任由苏轼的诗词在社会上传播对新政的推行很不利。因此，在神宗的默许下，元丰二年（公元 1079 年），苏轼因为所谓的以诗文谤讪新政的罪名被捕入狱，这就是有名的乌台诗案。然而，由于宋朝有不杀士大夫的惯例，所以苏轼免于一死，但被贬为黄州团练副使。

被贬到黄州之后，苏轼心中忧愁悲愤，于是就四处游山玩水以放松情绪。这年，也就是宋神宗元丰五年（公元 1082 年），47 岁的苏轼正巧来到黄州城外的赤鼻矶，此处壮丽的风景让苏轼感触良多，更是让作者追忆起当年三国时期周瑜的无限风光，感叹时光易逝、壮志难酬的爱国情怀。就这样，词人触景生情，写了这首《念奴娇·赤壁怀古》。

下面，我们就来一起看一下苏轼的这首词作。

大江东去，浪淘尽，千古风流人物。故垒西边，人道是，三国周郎赤壁。乱石穿空，惊涛拍岸，卷起千堆雪。江山如画，一时多少豪杰。

遥想公瑾当年，小乔初嫁了，雄姿英发。羽扇纶巾，谈笑间，樯橹灰飞烟灭。故国神游，多情应笑我，早生华发。人生如梦，一樽还酹江月。

全词大意如下："大江浩浩荡荡地向东流去，滔滔巨浪淘尽千古英雄人物。那旧营垒的西边，人们都说，是三国时周瑜鏖战的赤壁。陡峭的石壁直耸入天，如雷的惊涛拍击着江岸，激起的浪花好似卷起千万堆白雪。雄壮的江山奇丽如图画，一时间涌现出多少英雄豪杰。遥想当年周瑜是多么的春风得意，绝代佳人小乔刚嫁给他，他英姿奋发豪情满怀。手摇羽扇，头戴纶巾，谈笑之间，强敌的战船被烧得灰飞烟灭。我今日神游当年的战地，可笑我多情善感，过早地生出满头白发。人生犹如一场梦，且把酒一杯祭奠江上的明月吧。"

可见，在这首词作中，苏轼以空前的气魄和艺术的力量塑造出了一个英气勃发的人物形象，表达了作者昂奋的豪情和旷达的思绪。同时，词人苏轼在对昔日英雄人物的无限怀念和敬仰之情中也寄予了对自己人生坎坷、怀才不遇、报国无门的无限感慨。

首先，在词作的上阕，词人苏轼由眼前看到的雄伟壮丽的风景入手，一句“大江东去，浪淘尽”气势雄浑，视野宽阔，显示了词人苏轼博大的胸怀和豪迈的个性。但是此时词人苏轼被贬黄州，看到眼前的情景不禁由景抒情，穿越古今，把滔滔奔流的大江和名耀千古的历史人物联系在一起。其实，大江滚滚东去，大浪淘沙，最后让人们记住的不正是那些千古英雄人物吗？

于是，词人苏轼继续观看着眼前的风景，不禁听到人们谈论这里曾经正是三国时期的古战场赤壁。所谓“人道是，三国周郎赤壁”。这里词人把视角一下子拉到了三国时期的赤壁，可堪思接千古。然而，词人并没有立即投入历史的场景中，而是先由目前的赤壁景物开始写起。

定睛看去，“乱石穿空，惊涛拍岸，卷起千堆雪”。词人苏轼以豪壮的词句描写了眼前赤鼻矶的险峻情状。面对这样雄伟的景象，性格豪爽、出言豪放的苏轼对此赞叹不已，当然更加赞美曾经在这里叱咤风云、建功立业的无数豪杰。“江山如画，一时多少豪杰。”词人对眼前的江山和历史豪杰充满敬佩和热爱。

也正是在这样的情形下，词人自然而然地想到了驰骋在赤壁上名垂千古的三国周瑜。周瑜是一个不折不扣的英雄人物，佳人相伴，雄才大略，有着卓越的功勋和战绩。“羽扇纶巾，谈笑间，樯橹灰飞烟灭。”词人站在三国的古战场上，看着眼前的一切，不由想起了三国时期周瑜的伟大战绩。在词人的想象中，周瑜手摇羽扇，头配纶巾，淡定从容，风度潇洒，轻而易举地就把曹操的数万大军消灭殆尽，可见，周瑜是一个指挥若定的军事干将，有自信、有才略，有雄心、有魄力。词人苏轼对周瑜由衷的赞美是显而易见的。

事实上，词人之所以如此推崇周瑜、赞赏周瑜的军事才能和建立不世功勋的伟大事迹，最根本的原因是因为词人自己的怀才不遇、报国无门。此时，词人苏轼已经 47 岁，被贬黄州也已经有两年多的时间了，他虽然有报国之志但却有志难伸、有国难报，一直郁郁不得志，这不禁让词人对那些能够建功立业的英雄豪杰充满羡慕之情。

可是越是羡慕，现实就越是残酷，词人对自己的现状就越是不满。“故国神游，多情应笑我，早生华发。”苏轼在这里和周瑜形成了鲜明的对比，周瑜年纪轻轻即志得意满，英雄一世，而词人自己已过中年，还一事无成，如今被贬黄州，有志难伸，有国难报。这让苏轼有一种壮志未酬的郁愤和感慨。

总之，苏轼的这首词作感慨古今，在奇伟雄壮的景色中追忆起功业非凡的英俊豪杰，抒发了词人热爱祖国、感慨自己未能建立功业的思想感情。在对这首词作的阅读中，我们能够感受到词人心中强烈的爱国之心、报国之志以及壮志未酬的忧愤之情。

乌　江

靖康二年（公元 1127 年）四月，中国历史上发生了一件令无数中华儿女痛心疾首的事情。这一天，强悍的金兵攻破宋朝都城东京，破城之后，金军无恶不作，除了烧杀抢掠之外，还俘虏了宋徽宗、宋钦宗父子，以及大量的赵氏皇族、嫔妃、朝臣和百姓等数千人，给宋朝造成了毁灭性的打击，直接导致了北宋的灭亡。

而在这次靖康之变中幸存的赵氏皇族和百姓则仓皇南逃，其中伟大的爱国词人李清照及其丈夫赵明诚也开始了他们漂泊不定的逃亡生活。

后来，靖康二年（公元 1127 年）五月初一，宋徽宗第九子康王赵构在南京应天府正式即位，重建宋王朝，是为宋高宗。不久之后，赵明诚被任命为建康知府。这时北门大乱，赵家青州故第 10 余屋的书册什物被焚。李清照夫妇只携小部分文物随人群逃难，从此开始了她在南方的苦难生活。

在接下来的日子里，南宋局势进一步恶化，建炎二年(公元 1128 年)，金国又继续大举南侵。于是，李清照夫妇继续向江西方向逃亡。有一天，夫妻二人正好行至乌江，李清照站在西楚霸王项羽兵败自刎的地方，不禁心潮激荡。就这样，面对浩浩江水，李清照随口吟出了这首《乌江》，流露出深浓的家国之感，表达了自己的人生价值取向。

下面，我们就来一起看一下女词人李清照的这首洋溢着爱国主义情感的伟大诗作。

生当作人杰，死亦为鬼雄。

至今思项羽，不肯过江东。

全诗大意如下：“人活着的时候应该做人中豪杰，死了也要做鬼中英雄。人们到现在还思念项羽，只是因为他在惨遭失败之时，宁可自杀也不肯苟且偷生逃回江东。”

从这首诗作中，我们看到了一个女词人的铮铮铁骨，看到了一个女子心中那份激昂不屈的爱国热情和英雄豪气。如此慷慨激昂、掷地有声的诗篇，对于一个女子来看，实在是巾帼不让须眉。

诗作的开头两句“生当作人杰，死亦为鬼雄”，下笔刚健有力、铿锵激越，让人读来，顿时便有一种英雄的豪情壮志。而且更为重要的是，在这两句诗作中，还鲜明地表达了作者在国家危难之际的一种价值取向。

此时，靖康之耻给国家和人民造成了巨大的伤害，国家正处在生死存亡的关键时刻。而且，在金军的侵略下，赵宋王朝剩余成员仓皇南逃，无数的百姓流离失所。

就是在这样的时代背景和大环境下，李清照和赵明诚也开始了漂泊无定的逃亡生活。同时，在逃亡的过程中，李清照目睹了金人给国家造成的巨大伤害，以及南宋统治者不顾百姓死活，抛弃中原河山，苟且偷生的情状。

这给词人李清照的身心造成了极大的打击，也使她在内心深处暗暗地树立了自我的价值判断。在李清照看来，人活着就要做人中的豪杰，为国家建功立业，抛头颅洒热血，即使是死了，为国牺牲了也要做鬼中的英豪，不卑不亢、矢志不渝地坚守自己的理想和目标。

从这里，我们可以看到词人李清照心中浓烈的爱国激情和报国壮志。在国家生死存亡的危急关头，她希望自己、人民大众以及宋朝的统治者都能够明确自己的责任和使命，有一种保家卫国、誓死捍卫的勇气和魄力，不要贪生怕死、委曲求全、怯懦退缩。

因此，词人李清照在这两句诗作中为我们展现了一种所向无惧的人生姿态，尤其是充斥于其中的凛然风骨和浩然正气更是让人敬佩不已。实际上，词人李清照并非是一个雄壮豪放的女子，从她的其他词作中，我们会发现她是一个心思细腻的闺秀女子。但是，与一般闺秀女子不同的是，她是一位关心国事、忧心国运的女性。也正是这份对国家的赤诚之心，让一个纤弱娇柔女子写下了这样的诗句。

接着，女词人李清照把诗作中的这一思想进一步烘托强调。“至今思项羽，不肯过江东。”面对当前的时局，亲临乌江的感触，不禁让女词人李清照的内心波澜汹涌，想到了楚汉争霸时期的楚霸王项羽。

据《史记·项羽本纪》记载，项羽垓下兵败后退至乌江，这时乌江亭长恰好看到项羽，想要帮助项羽渡江。可是项羽却拒绝了，他笑着说道：“天之亡我，我何渡为？且籍与江东子弟渡江而西，今无一人还，纵江东父老怜而王我，我何面目见之？纵彼不言，籍独不愧于心乎！”说罢，项羽在杀敌数百后就拔剑自刎了。

在这里，女词人李清照对楚霸王项羽的态度是肯定和称赞的，甚至是钦佩和推崇的。她不以成败论英雄，极力赞美和肯定了项羽崇高的气节和不惧生死的精神。与之相比，宋朝当权者在国家危难的生死关头，却忘却一切的责任和使命，抛弃大好河山，委曲求全，苟且偷生。这无疑是一个有力的讽刺，借用西楚霸王失败后不肯苟且偷生、乌江自刎的历史事实来讽刺“南宋小朝廷”的投降逃跑主义。

当然，这也透露出女词人李清照对国家命运和前途深深的忧虑，表现了词人希望抗战到底、恢复故土的思想感情。无疑，这不仅仅是一首雄浑阔大的咏史诗，更是一首脍炙人口的言志诗，其字里行间流露出了浓烈的爱国之情、忧国之心、报国之志。

送紫岩张先生北伐

说起南宋初期的抗金英雄，许多人都会自然而然地想到抗金名将岳飞以及大将韩世忠等人。可事实上，南宋初年的抗金英雄远不止这些。而且，当时真正的抗金统帅也并不是他们而是张浚，岳飞、韩世忠等名将都曾是张浚的部下。

张浚在北宋末年进入仕途，在高宗初期，曾一度官居宰相和枢密使，是南宋王朝的最高行政长官和军事长官，位高权重。而且，张浚为人耿直，无所畏惧，坚持抗金，先后率军转战川陕、两淮等地，多有战功，在南宋朝野享有盛誉，金人也十分畏惧他。因此，张浚是一位不容忽视的抗金将领。

一次，张浚奉命督师抗金，岳飞在张浚的领导下也率众参加了这次战斗。此时，对于岳飞来说是期盼已久的时刻，因此在张浚北伐出发时，岳飞慷慨激昂地写下了一首《送紫岩张先生北伐》。其中，紫岩张先生就是当时北伐抗金的统帅张浚。在这首诗作里，诗人岳飞以气壮山河的气势表达了对此次北伐的展望，寄托了对北伐必胜的坚定信心。

下面，我们就一起来看一下抗金英雄岳飞的这首爱国主义诗作。

号令风霆迅，天声动地陬。
长驱渡河洛，直捣向燕幽。
马蹀阏氏血，旗枭可汗头。
归来报名主，恢复旧神州。

全诗大意如下：“军中的号令就像是疾风暴雷一样迅速传遍前军，官军的声威震动了大地的每个角落。军队长驱直入，必将迅速收复河洛一带失地，一直攻打到幽燕一带。战马到处，踏着入侵之敌的血迹，旗杆上悬挂着敌国国君的头颅。官军胜利归来，把好的消息报告皇帝，收复了失地，祖国又得到了统一。”

从这首诗作中，我们能够看到诗人岳飞寄托的美好祝愿和伟大理想。他希望张浚此次督师抗金能够一举收复失地，统一中国，恢复旧日河山。显然，这首诗作显示出了诗人岳飞浓烈的爱国情怀以及坚定抗金必胜的巨大信心。

首先在诗作的前两句“号令风霆迅，天声动地陬”，诗人以壮阔的气势描写了此次北伐雄壮的、令人振奋的宋军队伍。实际上，将士们早就怀有北定中原、抗金雪耻的愿望和目标，只不过由于南宋统治集团的懦弱求安、委曲求全、避战退缩，才隐忍至今。而如今张浚奉命督师抗金，将士们终于能够奔赴疆场，为国杀敌，收复大好河山，于是将士们的心是急切的，是激动和兴奋的。也正是因为这样，北伐的号令才会如此迅捷地传遍全军。

北伐的消息也令每一个有骨血的将士热血沸腾、心潮澎湃、激动不已，仿佛胜利就在眼前。因此，将士们听到北伐的号令后士气大振，个个摩拳擦掌，誓要扬眉吐气，收复中原。可见，将士们对于国家的热爱和期盼是非常强烈的。自从金兵入侵，北方沦落，所有的爱国将士都在积极地积蓄力量，以求他日驱逐金兵，恢复河山。

无疑，将士们拥有着高昂的士气和杀敌报国的雄心壮志。因此，将士们英勇无畏，一鼓作气，必定能够“长驱渡河洛，直捣向燕幽”。在这里，诗人岳飞寄予了自己对抗金大业的美好祝愿，写出了每一个抗金将士的共同心愿。此次北伐，南宋军队誓要收复失地，一直打到幽燕一带，让金兵再也不敢起侵犯中原之念。

接着，诗人岳飞进一步用前瞻的目光来预测这次北伐的战斗场景。“马蹀阏氏血，旗枭可汗头。”宋军战马所到之处，一定会以金朝统治者的鲜血和生命来为多年的屈辱雪耻，一定要把金兵国君的头颅挂在宋军的旗帜上。显然，诗人在这里表达了将士们对金兵的满腔愤恨，以及此次北伐驱除金兵、复国雪耻的坚定不移的决心和信念。

最后，诗人以振聋发聩的声音对张浚此次北伐寄予美好的祝愿，希望他能够实现北定中原、恢复昔日山河的伟大目标，以报答国君的赏识和任用，不辜负全体将士和广大民众的热切期盼。“归来报名主，恢复旧神州。”可见，诗人岳飞对此次北伐充满信心，对于抗金名将张浚更是寄予厚望。

总之，岳飞的这首诗作气魄豪迈，慷慨激昂，字里行间满溢着诗人矢志不移的爱国热情和驱除敌寇、恢复中原的坚定决心。这次北伐抗金，诗人岳飞也有参加。这里既是诗人对张浚寄托的厚望，也是对自己此次北伐的要求。

满江红·写怀

岳飞，南宋时期的抗金名将，少时习武，喜读兵书，很有民族气节，很早便从军出征，随军抗辽。后来，又投军于赵构大元帅府抗金，再到后来几经辗转，积极地投身抗金事业，英勇善战，屡立战功。

同时，南宋初年由岳飞领导的抗金军队，英勇善战，战无不胜，常常令敌军闻之胆寒。也正是因为这样，敌军最怕他的岳家军，金贵族曾有“撼山易，撼岳家军难”之语。可见，岳家军对金军的威慑力是极大的。

因此，在对金作战中，岳家军接连获胜。后来，岳飞率领军队乘胜追击，直至朱仙镇，这时距离沦落的北宋京城汴京只有四五十里了。而此时，金兵元气大伤，准备逃归，还有不少的士卒纷纷来降。岳飞看到这样大好的抗战形势，非常高兴，决定一举收复中原。

不料，就在这关键时刻，在岳飞抗金节节胜利之际，宋高宗于绍兴十一年（公元 1141 年）在当时的宰相秦桧的挑唆下，一日连下十二道金牌，将前线作战的岳飞紧急召回临安，令其班师回朝。岳飞看到金牌，悲愤交加，但又无可奈何，遂痛心疾首地仰天叹道："十年之功，废于一旦！所得诸郡，一朝全休!"

就这样，岳飞无奈地眼看着抗金大业功败垂成，率大军班师回朝。回到临安后，岳飞因为贻误圣旨被罢黜宣抚使之职，改授枢密副使，解除兵权。至此，岳飞度过了一段闲暇的时光。可是，这段日子对岳飞来说，简直是一种煎熬，他时时刻刻不忘抗金大业，于是他从心发声，写了一篇流传千古的爱国主义诗篇《满江红·写怀》。

下面，我们就来一起看一下岳飞的这篇爱国主义名篇。

怒发冲冠，凭栏处、潇潇雨歇。抬望眼、仰天长啸，壮怀激烈。三十功名尘与土，八千里路云和月。莫等闲、白了少年头，空悲切。

靖康耻，犹未雪，臣子恨，何时灭。驾长车，踏破贺兰山缺。壮志饥餐胡虏肉，笑谈渴饮匈奴血。待从头、收拾旧山河，朝天阙。

全词大意如下："我愤怒得头发竖了起来，帽子都被顶飞了。独自登高凭栏远眺，一场急骤的秋雨刚刚停歇，但也还有些时断时续。此时，我抬头远望天空，禁不住仰天长啸，一片报国之心充满心怀，不禁急切地盼望着实现自己的志愿。三十多年来虽然自己也已经建立一些功名，但却如同灰尘般微不足道，这些都不是我渴望的。我渴望的是南北转战八千里，不停地去战斗，经过无数的风云。实际上，好男儿就要抓紧时间为国杀敌、建功立业，而不能空空耗费青春时光，等年老时徒悲切。

"靖康之变的耻辱，至今都还没有雪耻。作为国家臣子的愤恨，不知道什么时候才能泯灭。此刻，我要驾着战车向敌军进攻，要连贺兰山也要一起夷为平地。在对敌作战中饿了就吃敌人的肉，谈笑时渴了就喝敌人的鲜血。等我重新收复旧日河山，驱除胡虏，再带着捷报向国君报告胜利的消息。"

显然，从这首词作中，我们可以鲜明而直接地感受到诗人渴望杀尽敌人、保卫祖国疆土的豪情壮志。这种冲天的豪情，慷慨激越的爱国之情，也使得整首词作气势磅礴，感情高昂，有着强烈的感染力和吸引力，读来令人热血沸腾，爱国热情顿时高涨。

在词作的上阕，作者描写了自己为国家建功立业的急切心情。"怒发冲冠，凭栏处、潇潇雨歇。"在岳飞的心中，他此刻满腔热血，报国之情的热切和渴望以及对敌人的愤恨已经怒发冲冠，誓要一举扫平胡虏。然而，此时宋高宗在宰相秦桧的挑唆下却急令自己班师回朝，岳飞面对朝中投降派的不抵抗政策，义愤填膺，怒不可遏。“怒发冲冠”虽然是夸张的表达，但岳飞此时确实是异常愤怒的。

而且此时他独上高楼，秋雨乍歇，岳飞的凌云壮志瞬间释放出来，看到国家如今的现状不禁热血满怀，慷慨激昂。登上高楼之后，看到辽阔的疆土，想到自己此行回到京师，收复的失地又将沦入敌手，不禁仰天长啸，无限悲愤。在这里，一句“仰天长啸”道出了岳飞精忠报国的急切心情。

接着，“三十功名尘与土，八千里路云和月”。岳飞回顾自己走过的历程，三十年的功名在岳飞看来犹如尘土不值一提，他在乎和渴望的是驰骋疆场，追逐敌寇。这两句是岳飞的心迹表露，表现了岳飞心中真正的理想和追求。他看重的只是抗金复国，驱除敌寇。可见，岳飞拥有高尚的人生观和价值观，同样这两句把岳飞的爱和恨、追求和厌恶，都表述得清清楚楚。

也正是因为这样，岳飞才发出了“莫等闲、白了少年头，空悲切”的呐喊。在这里，岳飞发出呐喊，希望好男儿投身疆场，立志报国，不要令青春虚度，导致岁月蹉跎，后悔终生。可以说，这几句体现了诗人岳飞积极进取的精神，它和苟延残喘、奴颜婢膝的投降派形成了鲜明的对照，表达了诗人壮烈的胸怀，也反映出了诗人内心的急切。

然后，岳飞在下阕中更为直接地表述自己的理想和追求。“靖康耻，犹未雪，臣子恨，何时灭”点明了作者的期望和目标。其中，“靖康耻”是指宋钦宗靖康二年（公元1127年）京城汴京和中原地区沦陷，徽宗、钦宗两个皇帝被金人俘虏北去的奇耻大辱。“犹未雪”是指还没有报仇雪恨。因此，我们不难发现岳飞的目标就是要洗刷国耻，恢复中原，迎回二圣。而“驾长车，踏破贺兰山缺”就直截了当地表达了自己驱逐胡虏的具体行动。

“壮志饥餐胡虏肉，笑谈渴饮匈奴血”则充分表达了作者在复国行动中对敌人的刻骨仇恨和报仇雪耻的决心。显然，此时岳飞虽然无可奈何地班师回朝，眼看抗金大业功败垂成，可是岳飞仍然抱有希望，拥有决心。

尤其是最后几句，“待从头、收拾旧山河，朝天阙”。等到收复中原，统一祖国的时候，就去向国君报捷。这几句话再一次彰显了岳飞的抗金复国的志向，也表达了对金作战必胜的信心。同时，这也是一种积极乐观的精神。作者把收复山河的宏愿，把艰苦的征战都化作了下一次卷土重来的斗志，希望下次对金作战，一举攻克敌军，直捣黄龙。

显然，岳飞此时此刻，除了怒发冲冠、无可奈何，还洋溢着积极的战斗热情，依然拥有了一份忧国忧民的壮志胸怀。他没有被眼前的得失打倒，而是积极地积蓄力量，以图再战。所以，岳飞的心中始终有一份对于家国浓烈而炽热的爱。

总之，岳飞的这首词作真实、充分地反映了他精忠报国、一腔热血的英雄气概，表现出一种浩然正气、英雄气质，表现了报国立功的信心和乐观主义精神。而且，这首词作英勇而悲壮，深为人们喜爱。更重要的是，岳飞这首词作激励着无数中华儿女的爱国心，尤其是在抵御外侮的时候，这首词作往往给人以振奋人心的力量。

金错刀行

孝宗乾道八年（公元 1172 年）正月，陆游应四川宣抚使王炎的邀请，从夔州（今四川奉节）出发，赶赴南郑（今陕西汉中），担任宣抚司干办公事兼检法官，也就是军事参谋。这对陆游来说，无疑是一个极大的好消息。

事实上，南郑位于宋金对峙的前线，可以直接接触并参与战事。而且，南郑的地理位置是十分重要的，它北瞰关中，南蔽巴蜀，东达襄邓，西控秦陇，是金人争夺的战略要地。因此，陆游来到这样的一个地方任职，可以说正合了他抗金复国的志向和目标。

加上，陆游又担任宣抚司干办公事兼检法官，是对敌作战指挥中的负责人，因此抵达南郑后，陆游就积极地在前线奔走，视察军情，投身到收复失地的准备工作中去。而且，他也许下了“上马击胡虏，下马草军书”的志愿。就这样，诗人陆游开始了在南郑的军旅生活。当然在南郑的军旅生活，或许枯燥乏味，但是对于满怀壮志、满心抗金复国的陆游来说，这却是一种极大的恩赐。虽然这段时间非常短暂，但是，在南郑的这段军旅生活对陆游产生了很大的影响，给陆游留下了深刻的印象，直到晚年退居山阴的时候，陆游还有“铁马秋风大散关”的相关回忆。

次年，也就是乾道九年（公元1173年），这年陆游48岁，奉命调任摄知嘉州（今四川乐山）。是年10月，陆游根据自己这段在汉中的经历和感受，写下了这首《金错刀行》，表达了诗人勃勃的雄心壮志，以及爱国、报国的赤诚之心，希望能够完成抗金复国的大业。

下面，我们就来一起看一下陆游的这篇洋溢着爱国主义思想的伟大诗作。

黄金错刀白玉装，夜穿窗扉出光芒。
丈夫五十功未立，提刀独立顾八荒。
京华结交尽奇士，意气相期共生死。
千年史册耻无名，一片丹心报天子。
尔来从军天汉滨，南山晓雪玉嶙峋。
呜呼！楚虽三户能亡秦，岂有堂堂中国空无人？

全诗大意如下："用黄金镀饰、白玉镶嵌的宝刀，到夜间，它发出耀眼的光芒，穿透窗户，直冲云霄。大丈夫将近五十了还没有建功立业，只能独自提刀徘徊，环顾着四面八方。不过，我在京城里结交的都是一些德行和才智出众的人，我们彼此意气相投，相约同生共死，为国效力。如果不能在流传千古的史册上留名，会让我感到羞耻，但是我的一片丹心却始终想着消灭胡虏，报效天子。近来，我来到汉水边从军，每天早晨都对着参差耸立的终南山，遥望着布满积雪的山峰。啊，楚国被秦国消灭，但即使是楚国只剩下三户人家，也一定能够消灭秦国，难道我堂堂中华大国，就没有一个人能将金虏赶出边关?"

从这首诗作中，诗人通过赞美金错刀来表达自己的抗金、报国之志。实际上，陆游生活在一个危机深重的时代。南宋国势衰微，国力羸弱，加上当权派的委曲求全、妥协投降，所以抗金复国大业屡屡受挫。

也正是因为这样，陆游年少时就立下志向，要抗金报国、北定中原，但是却一直报国无门，有志难伸。后来，到了将近五十岁的时候，才有机会来到抗金前线，亲自投身到抗金的军旅生涯中。虽然这段时间非常短暂，但是却大大激发了陆游积蓄在心中强烈的爱国、报国热忱。于是，陆游在这里借物抒情，抒发自己誓死抗金、必定取胜的壮烈情怀。

在诗作的开头"黄金错刀白玉装，夜穿窗扉出光芒"，诗人极力赞美了金错刀，不论从外观还是锋利的程度以及内质都令人惊叹。实际上，诗人在这里是说宝刀蒙尘，自己虽怀抱利器，却英雄无报国之门，郁郁不得志。此时的陆游就宛如这柄宝剑，只可惜无人赏识，不得重用。也正是因为如此，诗人在接下来才写出了“丈夫五十功未立，提刀独立顾八荒”的诗句。

这时，诗人感慨自己即将年过半百，但是仍旧一事无成，功名未成，于是不禁环顾八方，祈求能够一展抱负，实现自己的理想和目标。可见，此时诗人的心中已经按捺不住自己的报国之志，急切而强烈地渴望能够杀敌立功，为国雪耻。这时，我们似乎能够看到一个慷慨直陈、向天高叹的提刀人形象。显然，诗人是一个忠勇爱国的志士，他的心中始终有着这样的一种强烈的报国之志，只因为当权派的打压，而报国无门，有志难伸。

不过，如今抗金形势也逐渐发生了变化。“京华结交尽奇士，意气相期共生死。”此时，诗人陆游在京华结交了很多的同样怀有报国丹心的仁人志士，他们义结生死，同仇敌忾，相约誓要为国而战。可见，当时的朝廷已经形成了一个爱国志士的团体，他们有着共同的抗金主张，抗金大业有了良好的发展势头。

在这样的良好形势下，诗人进一步抒发了自己的报国壮志和爱国丹心。“千年史册耻无名，一片丹心报天子。”诗人为了建功立业，名垂青史，要把自己的一片丹心都交付于祖国的抗金大业，上报答天子，下不负万民。无疑，这显示了诗人抗金复国的决心和伟大目标。在诗人的心中，只有消灭胡虏，完成抗金复国的大业，才能名垂青史，才对得起江山社稷。

基于这样的思想，诗人在接到去抗金前线的任命后，欣然前往，无比高兴，而此时终南山山顶的嶙峋山石、耀眼白雪，也使自己的一片丹心大大增色，使得诗人凛然不屈、英勇杀敌的形象呼之欲出。

最后，诗人发出了“呜呼！楚虽三户能亡秦，岂有堂堂中国空无人?”的时代最强音。这几句话，一气呵成，且读来铿锵有力，仿佛掷地有金石之声。而且，重要的是，诗人在这里表明自己抗金复国的决心和斗志，反映了诗人对抗金复国的伟大事业必将胜利的坚定信心。即使是目前处于弱势，但是我泱泱中国，英雄辈出，必定扫除胡虏，北定中原。

这里，诗人运用了“楚虽三户，亡秦必楚”的典故。这一典故产生于反抗暴秦统治的时代，秦灭六国，楚国最冤，楚南公曾说过楚国即使是只剩下三户人家，也必定会报仇雪恨消灭秦国。可见，这个典故的运用，无疑反映了诗人对于抗金大业必能胜利的坚定信心。而“岂有堂堂中国空无人”更是把诗人这种日月可鉴的爱国主义精神、中华民族的浩然正气显露得淋漓尽致。这几句诗具有鼓舞人心、催人奋起的巨大力量，简直是号召有志之士起身抗金的宣言书。

总之，陆游的这首七言诗是一首咏物言志诗，字里行间都透出了诗人陆游抗金复国的伟大怀抱和志向，尤其是其中浓烈而炽热的爱国之情和报国之心更是令无数的爱国志士为之动容，令无数的中华儿女热血沸腾。

三月十七日夜醉中作

乾道八年（公元 1172 年）冬，四川宣抚使王炎从南郑被召回临安，抗金大业被迫搁置，陆游也成了“无主之人”。后来，乾道九年（公元 1173 年）春，陆游从南郑返回成都，被改命为成都府路安抚司参议官。

但是，实际上这只是一个虚职，几乎没有什么公事需要陆游处理。正如陆游当时所说的那样，“冷官无一事，日日得闲游”。显然，这对忧国忧民的陆游来说，是一种极大的折磨。他虽然身在官场，肩负官职，可是却可有可无，空怀报国之志却报国无门，因此，诗人陆游时常沉浸在一种沉闷的情绪之中，郁郁终日。

也正是因为这样，他任参议官的大部分时光都是在酒肆和歌院中度过的。而在醉酒之中，诗人陆游仍然怀有报国之志，忧国忧民，希望能够杀敌报国，恢复中原。这一日，陆游在驿馆中借酒消愁，醉酒之后，陆游抚今感昔，满怀郁愤，随即写下了一首饱含爱国情感的诗作。

下面，我们就来一起看一下陆游的这首诗作。

前年脍鲸东海上，白浪如山寄豪壮。
去年射虎南山秋，夜归急雪满貂裘。
今年摧颓最堪笑，华发苍颜羞自照。
谁知得酒尚能狂，脱帽向人时大叫。
逆胡未灭心未平，孤剑床头铿有声。
破驿梦回灯欲死，打窗风雨正三更。

全诗大意如下："前些年在东海遨游，切细鲸肉做羹汤，眼前是如山的白浪，激起我豪情万丈。去年在终南山下射虎，半夜里回营，漫天大雪积满了我的貂裘。而我今年摧丧颓废真是令人发笑，花白的头发、苍老的容颜，甚至让人拿镜子照一照都感到羞愧。谁能想到喝了酒还能露出狂态，脱帽露顶向着人大喊大叫。事实上，金兵还没有消灭，我的怒气不会平静，甚至那挂在床头的宝剑也发出铿然的响声。破败的驿站里一觉醒来灯火暗淡欲灭，风雨吹打着窗户，这时恰好是半夜三更。"

从这首诗作中，我们能够感受到诗人陆游满溢胸怀的报国之志，以及诗人勇往直前的大无畏精神。当然，在这首诗作的字里行间，我们也能够发现存在他心中的不可磨灭的杀敌锐气以及英雄失路、报国无门的悲伤和愤懑。

首先，在诗作的前四句："前年脍鲸东海上，白浪如山寄豪壮。去年射虎南山秋，夜归急雪满貂裘。"诗人以回忆的笔触描写了一系列的场景，从这些豪壮的场景中，我们不难领会诗人陆游昔日勇往直前的大无畏精神和雄伟的气魄。当然，这几句中也有虚有实，不尽是真实的回忆。其中，把鲸鱼切细了做鱼羹显然是虚写，后面的都是陆游实际经历的描述。显然，"白浪"、"射虎"、"急雪"这一系列的字眼中，都渲染出了陆游的勇壮豪情、铮铮铁骨和不畏艰难、迎难而上的男儿气概。

而且，对此我们也不禁想到伟大的爱国词人辛弃疾在《破阵子》中的词句："醉里挑灯看剑，梦回吹角连营。八百里分麾下炙，五十弦翻塞外声，沙场点秋兵。"显然，这几句词句和诗人陆游的那几句有着异曲同工的妙效，都是用回忆的笔触来寄托自己的报国热忱。尤其是在去年，诗人陆游投身抗金前线南郑，最是符合他抗金杀敌的伟大抱负和理想。

可是，在诗作的第五、六句："今年摧颓最堪笑，华发苍颜羞自照。"诗人从回忆中脱离出来，在现实的生活中对自己目前的境况感到非常愁闷。如今诗人陆游已经年近五十，青春不再，容颜渐老，由此诗人不觉生出无限的愧疚悔恨之意。试想，数年的光阴转眼而过，可是自己抗金的抱负、恢复中原的理想仍然渺茫，祖国的前途和命运仍然难以预料，岁月不待人，自己如今却青丝成白发，这不禁让诗人心中产生一种失落感和错位感。

而这前后的巨大落差，便使得诗人陆游心中感到自己如今是如此的不堪，不复当年的壮志豪情。于是，诗人陆游羞于揽镜自照。可这又怎么能怪罪到陆游的身上呢。不过，诗人也确实因为此事而借酒消愁，郁郁寡欢。“谁知得酒尚能狂，脱帽向人时大叫。”诗人怀着极其忧愤的心情纵酒狂饮，醉酒之后诗人脱帽露顶，放浪形骸。显然，此时诗人是借酒消愁愁更愁，此时陆游的心中有着强烈的不平之感，他痛恨南宋统治者坐失良机，复国无策。因此，诗人醉酒之后大喊大叫，一吐胸怀。

接着，诗人义正词严地表达了自己的抗金抱负、杀敌理想，并且从中透露出诗人内心的苦闷和压抑。“逆胡未灭心未平，孤剑床头铿有声。”时至今日，诗人抗金复国的理想仍然未能实现，他的心中是极度愤懑和不平的，甚至连床头上悬挂的宝剑也不肯安分，跃跃欲试，要出鞘杀敌。可见，诗人陆游有着强烈的抗金复国的理想，他时刻忧心着国家的前途和命运，筹划着北定中原、恢复河山的伟大事业。

而且，这两句诗作是诗人抗金理想的伟大誓词，显示了诗人急切的忧国之心。正如他在《长歌行》中所写的那样：“国仇未报壮士老，匣中宝剑夜有声。”显然，陆游对于杀敌抗金的渴望是极其强烈的，他早已按捺不住自己狂热的复国之心。

可是，无奈岁月蹉跎。“破驿梦回灯欲死，打窗风雨正三更。”诗人酒醒之后，身处在破败暗淡的驿站里，窗外风雨交加，正值三更。这时，诗人的情绪是低沉郁闷的，那昏暗的灯火，凄厉的风雨，实际上就犹如现今的南宋王朝，它正处在风雨飘摇的处境中，令人忧心如焚，让人感到压抑沉闷。因此，诗人看到此情此景，内心的爱国之情更加浓烈，报国之志也更加坚定了。

总之，诗人陆游在这首诗作中为我们展现了他忧国忧民，决心杀敌报国、恢复中原的强烈愿望和热切之心。而这种报国杀敌的热忱也激励了一代又一代的爱国志士，让他们携起手来，一起保家卫国，誓死抗敌。

夜游宫·记梦寄师伯浑

宋乾道八年（公元 1172 年），陆游被王炎任为四川宣抚司干办公事兼检法官，相当于军事参谋。在此期间，他身着戎装，驱驰于汉中一带，以饱满的热情、极大的斗志投入其中，乐此不疲。因为，这是他梦寐以求的抗金前线。他终于来到了他的理想和追求的最前沿。

但是，陆游在南郑的时间并不算长。宋乾道八年（公元 1172 年）十月，王炎即被调回临安，四川宣抚使也随之撤销，陆游被重新安置到成都府路安抚司做参议官。不过，这不到八个月的时间却给陆游造成了极大的影响。后来，陆游罢官回到成都之后，还一直对前线南郑的戎马生活念念不忘，对收复中原、立功报国的信念也始终坚守不移。

而下面的这首词作就从词人生活中的真实感受出发，表达了这种心情。在这首词作中，陆游通过梦回当年雪夜军旅生活情境以及梦醒后的孤寂，表达了浓烈的爱国之心、报国之志以及执着的为国献身精神。后来，陆游把这首词作送给了在四川结识的朋友师伯浑。师伯浑是陆游认为很有本事的人，且与陆游同心同调。下面，就让我们来一起看一下这首词作。

雪晓清笳乱起，梦游处，不知何地。铁骑无声望似水，想关河。雁门西，青海际。

睡觉寒灯里，漏声断，月斜窗纸。自许封侯在万里，有谁知？鬓虽残，心未死！

全词大意如下：“大雪纷飞的早晨，有清幽笳声四处响起，此时梦中所游玩之处，不知道是什么地方。铁骑没有声音，但望过去却如流淌的水一般绵延不绝，军容整齐。想必这样的边关河防，应该在雁门关的西边，青海湖的边际。一会儿，在寒灯照射下睡醒时，听见更漏声已经断了，看见月光斜斜透过窗纸照进来。我自许可在万里之外的战场封侯，可是又有谁能知道呢？我鬓发虽然出现斑驳的灰白，可我在战场上为国杀敌、建功立业的心却并未死去。”

从这首词作中，我们能够发现，陆游为我们描述了一段自己的梦境，并在梦境和现实的对照中表达了自己熊熊的爱国之心和报国之志，字里行间都透露出远大的志向和矢志不渝的报国热情。

在词作的上阕，词人描写的是梦境。在这里，词人在我们的眼前铺开了一张有声有色的边塞画卷。其中“雪”、“笳”、“铁骑”都是极具北方特色的事物。词人在睡梦之中不知不觉地游荡到这个地方，只见天已破晓，雪花飘飞，管笳声到处响起。虽然，词人在词作中表示“不知何地”，但是这北方边塞的代表事物无疑在表明这是在边塞战场。管笳起，雪花飘，显然是在描写战争的氛围，表现了战斗环境的恶劣。

接着“铁骑无声望似水”也印证了这一点。只见盔甲齐全的铁骑军容整齐，纪律严明，声势浩大，绵延不绝。看到这样的场景，词人不禁想到，这样的关河必定是雁门、青海一带了。词人之所以做出这样的判断，完全是因为西北领土如今落入异族之手，而雁门、青海一带就指代了沦丧的西北领土。可见，此时词人的心中怀揣的仍然是北定中原、收复故土的理想，这份浓烈的爱国之情就这样在作者的猜测中展现出来。

是啊，正是因为词人心心念念着沦于敌手的西北领土，才会梦到这种场景，才会梦游到此处，希望一展抱负，一举收复失地，恢复中原。境由心生，显然词人的心中对于北定中原的志向是矢志不渝的。

接着，在词作的下阕，抒发了词人梦醒之后的感慨。词人一觉醒来，斜月挂在窗前，漏声滴断，周围一片死寂，冷清凄凉。实际上，这种环境的描写正是词人内心心境的鲜明写照。词人陆游进入仕途之后，在政治上一直坚持抗金复国，收复河山，但是却不被当权派理解，屡遭当权派的打压和排斥，以至于仕途不顺，理想也无法实现。因此，陆游的内心悲愁满腹，正如此时一觉醒来的凄凉环境。

而且，从梦境走进了现实，两者的巨大落差也让词人更觉悲怆凄凉。“自许封侯在万里”，词人曾坚定地许下诺言，要在万里疆场为国杀敌，北定中原，建功立业。这样的志向，可谓是高远的，这也显示了词人高昂的雄心壮志，誓要北定中原的坚定决心。尤其是“有谁知？鬓虽残，心未死！”更是有力地说明了这一点。又有谁知道，虽然词人两鬓发白，日暮西垂，但是仍然雄心不已，壮志犹存，对于收复国土、统一祖国的伟大事业有着执着坚定的信念和决心。

如此的爱国热情，我们不得不为之动容。确实，陆游虽然离开了南郑前线回到后方，虽然如今已经进入了垂暮之年，但是他始终不忘继续关注抗金事业，始终心怀祖国。当然，在这里，词人也表达了一种愤怒和谴责，自己的爱国之心、报国之志不被当权者理解，还遭到打压和排斥，导致自己理想落空，这对词人来说无疑是一个巨大的打击。所以，词人在闲居山阴的时候，才常常抒发感慨，表达自己壮志未酬的伤感之情。不过，不管现实是多么的凄凉，梦内梦外有多大的反差，词人心中的报国之志却从未减弱。

总之，在这首词作中，我们能够感受到词人执着而坚定的爱国之心、报国之志。同时，在阅读这首词作的时候，也能极大地教育我们勇于爱国、为国献身。可以说，这是一首洋溢着伟大爱国精神的词作。

关　山　月

淳熙二年（公元 1175 年），陆游几经波折再次回到成都，而范成大也以四川制置使的身份来到这里。旧友异地相逢，分外亲近，于是他们常常在一起饮酒纵论。加上陆游豪放不羁，抗金的抱负接连受挫，更是借酒消愁，放浪形骸，口无遮拦。就这样，久而久之，陆游被一直反对排挤他的抗金主和派弹劾。最后，淳熙三年（公元 1176 年），陆游以“宴饮颓放”的罪名被再次免官。

陆游被免官之后，就闲居在成都。其间，陆游眼看宋朝大片中原地区被金人占领而不能收复，忧心如焚，面对南宋半壁江山，更是感慨万千，不拘礼法，发言述志。也正是在这时，陆游自号“放翁”，表示自己对抗和不屑的态度。而且，他还用成都乐府旧体写下了流传千古的爱国主义诗作《关山月》。

下面，我们就来一起看一下陆游的这首诗作。

和戎诏下十五年，将军不战空临边。
朱门沉沉按歌舞，厩马肥死弓断弦。
戍楼刁斗催落月，三十从军今白发。
笛里谁知壮士心？沙头空照征人骨。
中原干戈古亦闻，岂有逆胡传子孙？
遗民忍死望恢复，几处今宵垂泪痕！

全诗大意如下：“与金人议和的诏书已经下了十五年了，将军不作战而白白地来到边疆。达官贵族在深宅大院里按节拍演着歌舞，而马棚里的马快肥死了，弓弦朽断了。守望岗楼上打更的铜锅催促着月亮慢慢落下，我三十岁参军到如今已经白了发。从笛声中谁人知道壮士的心思，月亮白白地照射着出征将士的骨头。中原一带的战争古代就听说有，但哪有异族统治者能在中原传子传孙？沦陷的人民忍死存生盼望着恢复中原，不知今天晚上又有多少地方的人民垂泪哀痛呢。”

从这首诗作中，我们不难发现诗人陆游报国无门的苦闷以及北方百姓希望恢复中原的强烈愿望。而在诗作的字里行间，我们也能够体会到诗人忧国忧民、渴望天下一统的爱国情怀和报国之志。

首先，在诗作的前两句“和戎诏下十五年，将军不战空临边”，诗人一开篇便描写了诗作的背景，已经奠定了整首诗作的情感基调。如今南宋与金议和已经十五年了，国家破碎，人民南北分割，而陆游虽然一心系国，决心恢复中原，驱除敌寇，可无奈南宋的投降派委曲求全，一味苟合，不恤国难，致使爱国将军空有报国之志而无用武之地，只能赋闲在边。

显然，在这里诗人寄予了自己对南宋投降派和求和派的不满，以及自己的报国之志、爱国之情无法施展的巨大忧虑和愤懑。可见，在诗人的心中，他一直怀着恢复中原的理想和目标，一直希望得到南宋统治者的支持，能够报效祖国，效力边疆，恢复中原。

接着，“朱门沉沉按歌舞，厩马肥死弓断弦”，诗人以眼下南宋统治者的生活现状来来进一步表达自己的愤懑和不满情绪。在这样的国难危机的时刻，南宋朝廷只能屈居一隅，可是他们却不思上进，不求报国雪耻，权贵们反而纵情于歌舞宴饮，生活在纸醉金迷之中。尤其是后一句“厩马肥死弓断弦”指出马厩中的战马久疏战阵，只能在马厩中默默死去，弓弦也废弃日久自行断裂。可见，此时南宋的权贵们沉湎酒色，弛废战备，完全把国家危难、靖康之耻抛诸脑后。而这字字的控诉中显示了诗人强烈的忧国情怀。

然后，诗人陆游把描写的视角转移到了士兵的身上。“戍楼刁斗催落月，三十从军今白发。”这里，写出了士兵们从军边境却虚度岁月的情景。无数个日日夜夜过去了，士兵们依旧是听着打更的声音看落月，无所事事，毫无战功，而且不觉间已经青丝成白发，可见士兵们虽然有杀敌报国之志，仍旧无报国之门，南宋统治者的懦弱苟安使得戍边的将士空耗岁月，甚至终老至此。

“笛里谁知壮士心？沙头空照征人骨。”在忧怆的笛声中，诗人以反问的形式描写了士兵们想要出征金兵、恢复中原的雄心壮志，可是这种爱国之情、报国之志却得不到上层统治者的认同，以至于曝骨沙头，壮志难酬。可见，戍边的士兵们和诗人陆游的心境是一样的，他们空有报国之志，但却只能任由年老体衰，无人赏识，无法建功。这字里行间都流露出了诗人深深的愤懑和对南宋统治者的不满情绪。

最后，诗人把视角又转移到了北方沦落的遗民身上。他们如今被异族统治，生活艰难，但是却忍死存生，只是希望南宋统治者能够带领大军驱除异族，恢复中原。“中原干戈古亦闻，岂有逆胡传子孙？”这里，诗人表达了金朝虽然获得了胜利，可是战事瞬息万变，金朝的异族统治必然难以长久，只不过是昙花一现罢了。可见，诗人对抗金事业怀有必胜的信心和坚定的意念，他相信南宋必定能够实现恢复中原的大业。

当然，被异族统治的北方遗民也坚信这一点。也正是因为这样，他们忍死存生，等待北定中原恢复祖国河山的那一天。“遗民忍死望恢复，几处今宵垂泪痕!”可是，此时此刻，面对国家沦丧、山河破碎，以及被异族统治的现状，北方遗民还是忍不住垂泪悲伤。显然，北方遗民热切而急迫地希望南宋统治者能够尽快驱除金兵，恢复中原。

总之，在陆游的这首诗作中，诗人表达了深浓的忧国之情和报国之志。他用“将军闲”、“权贵乐”、“壮士心”和“遗民泪”一连串的典型物像，揭露了诗人对“和戎”这一屈辱国策的谴责和报国无门的愤懑。无疑，诗人陆游和志在报国的抗金将士以及北方的遗民是心意相通的，他们的心中都有着浓烈的爱国之情和对侵略者无比强烈的仇恨。

病起书怀

陆游虽然少有才学，有意报国，但是自从34岁步入仕途后就屡遭挫折，一生起起落落，官场失意。其中，宋孝宗淳熙二年（公元1175年），范成大任四川制置使，陆游任参议官。二人共事，经常诗文唱和，谈论国事。不过由于陆游喜欢饮酒，“喜论恢复”，常常借酒浇愁，遂遭到一些官员的弹劾。于是，次年也就是淳熙三年（公元 1176 年），陆游以“宴饮颓放”的罪名，被罢免还乡。

这次罢免回乡后，陆游就闲居在成都城西南的浣花村。此时，陆游悲愁交加，罢官的打击，现实的落差，对国事的担忧，都一股脑地袭上心头。尤其是，宋朝大片中原地区被金人占领而不能收复。陆游面对南宋半壁江山，不禁感慨万千，忧从中来。就这样，陆游焦虑成疾，一病就是二十多天。

病愈之后，陆游想到自己一生屡遭挫折，壮志难酬，而年已老大，不觉感慨万千。但同时，诗人也并没有对前途丧失希望，他此时此刻仍旧满怀爱国情怀、忧国之心。而这种情怀在其诗作《病起书怀》中就得到了很好的体现。

下面，我们就来一起看一下陆游的这篇诗作。

病骨支离纱帽宽，孤臣万里客江干。
位卑未敢忘忧国，事定犹须待阖棺。
天地神灵扶庙社，京华父老望和銮。
出师一表通今古，夜半挑灯更细看。

全诗大意如下：“如今自己孤身一人远离京城，客居江边，而且病体羸弱消瘦，头顶上的纱帽都明显觉得宽大了。自己虽然职位卑微，但是却从未敢忘记忧心国事，实际上，公正是非，是要死后才能够盖棺定论的。在此，我期望天地神灵庇佑国家社稷，北方的父老乡亲还都在期盼着君主出征，收复失地呢。这时候已经是深夜了，但是我仍旧难眠，于是就挑灯细细品读这忠义流芳的传世之作《出师表》。”

这首诗作，陆游从病体开始写起，以挑灯夜读《出师表》结束，表现了作者虽然疾病缠身，但仍然不忘国耻，忧心国事，字里行间显示出一种百折不挠的精神和不可磨灭的意志。显然，这是一种强烈的爱国热忱在支撑着陆游，在激励着陆游去为国发声，毫不懈怠。

在诗作的开首“病骨支离纱帽宽，孤臣万里客江干”，陆游就以叙事的方式交代了自己所处的环境：浣花江边；自己的身体状况：病骨支离。如今陆游客居成都浣花村，在经历了贬谪的打击之后，陆游因为忧心国事，身体虚弱，身染恶疾。读到这里，我们仿佛看到了一个活生生的人物形象，他依偎在江边，病体瘦躯支撑着明显看着宽大的帽衫。显然，这是一个依江独立、憔悴孤寂的人物形象。

确实如此，诗人陆游有着报国救国的远大理想和抱负，有着抗金复国的伟大追求和渴望，可是如今却接连遭到贬谪，如此不幸的遭遇难免令一个爱国志士身心受损，倍感凄凉。也正是因为这样，作者抑郁成疾，伤心不已。

但是，很快作者的这种悲痛沮丧的情绪被一扫而光。“位卑未敢忘忧国，事定犹须待阖棺。”即使是自己位卑职小，但是仍然不敢忘却忧心国事，所谓“国家兴亡，匹夫有责”，可见，诗人虽然遭受贬谪，身心被疾病折磨，但是仍然挂念国事，担心国运。而“事定犹须待阖棺”则表明诗人对前途仍然充满希望，他始终坚信，历史终将会给出一个公正的评价，自己现在虽然遭受贬谪，但是最终结果如何，诗人仍然抱有积极乐观的态度，不到最后一刻就不会放弃。

可见，诗人的心中有着极为强烈的爱国热忱，即使是屡遭贬谪，位卑职小，但是始终不改初心，不会忘记自己忧国忧民的责任。在这里，我们看到了陆游高尚的人格和一颗忠心爱国的赤子之心。其实，纵观陆游的一生，“位卑未敢忘忧国”也是他一生的写照。诗人光明磊落，忠正耿直，不屈不挠，始终把国家危难、平定中原作为自己最大的追求和理想。因此，诗人陆游在抗金复国的道路上，有属于自己的坚持和执着。

接着，诗人陆游的爱国热情和报国斗志被激活，“天地神灵扶庙社，京华父老望和銮”表达了作者对于国家局势的忧虑，在这里陆游希望大宋江山得到神灵的庇佑，能够顺利地渡过难关。而且，作者也写出了北方的故国臣民都在翘首企盼，希望朝廷能够扛起抗金复国的大旗，重返故都，收复失地，使人们远离战火的侵袭。

最后，“出师一表通今古，夜半挑灯更细看”。诗人在结尾处重新鼓起了斗志和决心，决定以自己的病体残躯，尽自己最大的能力，为国操劳，为抗金复国大业尽自己的一份力量。《出师表》是传世之作，把古今的众多忠臣志士的赤子之心连缀在一起，因此，诗人在深夜中挑灯看了一遍又一遍。而且，从这句诗中，我们也似乎发现，陆游是要效法诸葛亮的北伐，以表达自己平定中原、统一中国的决心。

总之，诗人陆游在这首诗作中表达了自己浓烈的爱国情怀和炽热的爱国之心。可以说，这是一篇名垂千古的爱国主义诗作，如今读来，仍旧有一种荡气回肠之感。

夜泊水村

陆游是一位忧国忧民的诗人，平生以报国为念，时刻都希望解民于倒悬，实现抗金复国的大业。也正是因为这样，陆游自进入仕途起，便一路坎坷，起起伏伏，多有不顺，常常受到当权派的打压和排挤。

淳熙七年（公元 1180 年）春，抚州大旱，后由于大雨，山洪暴发，淹没大片的田地和村庄。陆游此时感于人民的疾苦，在未征得南宋朝廷同意的前提下，私自拨粮至灾区赈济。显然，此举犯了朝廷的大忌。后来，陆游被朝廷召回京城，加上召回途中又遭遇官员的弹劾，最后以“擅权”的罪名被罢职还乡。

就这样，陆游在家闲居，长达六年之久。这闲居的日子里，陆游是清闲的可也是孤寂的，他一心为国为民，却不料惨遭罢黜，闲居老家成都山阴。但是无可奈何，陆游也只能接受这一切。当然，陆游的内心是惆怅满结的。为了排遣心中的烦闷，陆游常常会乘坐小舟在附近村的山水中出游。

然而，这时，陆游的所见所想仍然逃不出他忧国忧民的念头，尤其是看到夜泊水村的寂寥景象，不免触动陆游的心弦，让陆游为收复中原、统一祖国而呐喊呼告。因此，陆游触景生情，随即作了一首《夜泊水村》。

下面，我们就来一起看一下陆游的这篇诗作。

腰间羽箭久凋零，太息燕然未勒铭。
老子犹堪绝大漠，诸君何至泣新亭。
一身报国有万死，双鬓向人无再青。
记取江湖泊船处，卧闻新燕落寒汀。

全诗大意如下："已经很久没有使用过腰间悬挂的羽箭了，以致它们的羽毛都已经凋落了。然而，我不禁叹息，燕山至今还没有刻下北伐胜利的事迹。想来，我尚且还可以横度大漠，战斗沙场，诸位士大夫们又何至于在新亭相对而泣。昔时我以身报国，虽万死而不辞，如今双鬓已经斑白，却再也无法使它变成黑色。只是记住江湖上我小船的停泊位置，卧在榻上听着秋天大雁落在水中小洲之上，一年又要过去了，我的雄心壮志还没有完成。"

从陆游的这首诗作中，我们看到了一个胸怀壮志、心忧天下，对抗金复国的伟大事业矢志不渝的老者形象。在这里，诗人有着拳拳的报国之心和殷切的报国之情。

诗作的首句“腰间羽箭久凋零”写出作者在罢官之后，退居山阴乡野，久离疆场，无缘参加对敌作战的落寞怅惘之感。事实上，诗人罢官还乡之后，生活是孤寂冷清的，毕竟诗人仕途的坎坷失意，最终是因为自己的抗金主张造成的。诗人其实一直心心念念着抗金大业，如今，诗人因故远离战场和国事，已经是空怀壮志了。也正是因为这样，“羽箭久凋零”，诗人已经很久没有使用过腰间的羽箭了。

这开首的一句，可以说满含了世事变迁之感，充满悲凉惆怅之意，诗人感叹自身空有报国之心但却无法效力疆场，为国杀敌。当然，这其中更是包含了深深的爱国、报国情结，从字里行间，我们能够隐约感受到诗人的失望和落寞。尤其是“太息燕然未勒铭”，胡虏未灭，大业未成，诗人抗金复国的理想至今都没有实现，诗人对于国事的挂念和忧虑至此更胜一筹。

而且，“羽箭凋零”和“燕然未勒铭”也构成鲜明的对比。诗人如今已经罢官还乡有一段时间了，就连羽箭上的羽毛都已经凋零了，可是抗金复国大业迄今还没有完成，国家仍然处于危难之中，风雨飘摇。因此，诗人不禁感到自己辞官还乡之后，虚度年华，没有为国家的前途和命运尽到自己的责任和义务。所以，诗人陷入了深深的忧虑之中，对自己也有一份极大的自责和遗憾。

同时，诗人看到现实的境况也有一种壮志难酬、愤懑不平的情感。可以说，这开首两句在一定程度上奠定了全诗的情感基调。

接着，“老子犹堪绝大漠，诸君何至泣新亭”。此时，诗人“烈士暮年，壮心不已”的志愿跃然纸上。可见，虽然诗人陆游已经垂垂老矣，但是仍旧胸怀壮志，而且仍然能够上阵杀敌，保家卫国，然而如今食君之禄的诸位士大夫们却不能够为国分忧，不能“捐躯赴国难，视死忽如归”。面对国家危亡、领土沦丧，只知道束手垂泪，无可奈何。

显然，诗人在这里表达了自己的一种豪情壮志。诗人陆游如今虽然身老体衰，时不时还有些疾病缠身，但是诗人此时此刻，看着国家危难的局势，仍旧不甘示弱，表现出一种豪气干云的雄心和气魄，体现出自己的报国之志。

其中“绝大漠”是汉武帝表彰霍去病之语。这里诗人借以表现自己的报国之心。诗人虽然如今闲居在家，但是无时无刻不在忧心国事，关心国家的前途和命运。因此，诗人垂暮之年仍然豪气干云，总是朝思暮想着去驰骋大漠、浴血沙场。

然而，与此形成鲜明对照的是“诸君何至泣新亭”。面对国家危难，面对强虏劲敌，那些高居庙堂之上饱食终日的士大夫们不思进取，不图改变，整日里要么醉生梦死，要么苟安求和，要么束手垂泪，采取一种不抵抗、无作为的态度。其实，也正是由于这些人对诗人陆游的打压和排挤，才使得陆游遭受贬谪，回到山阴家乡，闲居于此。可见，诗人陆游和他们这些人是完全不同道路上的人。他们醉生梦死，陆游却一心为国。

然而，在颈联“一身报国有万死，双鬓向人无再青”，诗人表现了以身殉国但时不我待的巨大矛盾。诗人在国家危难之际，宁肯以身报国，万死不辞，也不愿意看着国家遭受屠戮入侵。当然，诗人也知道自己一个人的力量是有限的，自己的生命是短暂的，但是为了拯救国难，诗人甘愿万死也要报效国家，实现自己抗金复国的理想。

可以说，这一联铿锵有力，发言掷地有声。不过，天不假年，岁月不饶人，满鬓的飞霜已经无法重获青黑之色，然而，诗人也抱定了为国牺牲的志向，也愿意把全部的生命和青春都献给伟大的爱国、报国事业。显然，诗人虽然感叹时光荏苒、岁月已逝，但是对于报国、爱国仍旧怀有一颗赤子之心。

最后，“记取江湖泊船处，卧闻新雁落寒汀”写诗人自己夜泊水村的寂寥景象。此刻，寻寻觅觅的新雁落在荒寒的汀州上，诗人借此表现了北方人们凄凉的生活状况，寄予了作者想要出征疆场、抗金复国的伟大理想。

总之，在这首诗作中，我们看到了诗人陆游身上具有的老而弥坚、至死不变的爱国情怀。而且，可以说，这种爱国情怀在诗人的心中，他一刻都没有忘记过，即使是在晚年如此凄凉窘迫的环境下，他仍然心念复国，力主抗敌，说出震世之语。

书愤五首·其一

宋孝宗淳熙十二年（公元 1185 年），陆游这年已经 60 岁了。显然，这是一个垂垂老矣的年龄，然而此时，陆游因为抗金主张被罢官赋闲在家也已经六年了。这六年的时光对陆游来说，是一种极大的折磨，这个年龄对于陆游而言，确实已经没有多少个六年可以虚度了。

加上，陆游一心系国，忧心国事，看着眼前破碎的山河、北方未定的局面，常常忧愤交集，难以自制。然而，所幸的是，这一年的春天陆游又重新被启用，被任命为朝奉大夫、权知严州军州事。

此刻，接到任命之后，已入垂暮之年的陆游顿时热血沸腾，心潮澎湃，长时间压抑在心中的抗金理想和抱负又一次苏醒了，他似乎又看到了希望，因此诗人忆起过往种种，怀着热切的希望和些许的忧愤之情写下了这首《书愤五首·其一》诗，寄予了自己浓烈的爱国热情和报国之志。

下面，我们就来一起看一下这篇爱国主义诗作。

早岁那知世事艰，中原北望气如山。

楼船夜雪瓜洲渡，铁马秋风大散关。

塞上长城空自许，镜中衰鬓已先斑。

出师一表真名世，千载谁堪伯仲间？

全诗大意如下：“年轻的时候就立志要北伐中原，但是哪想事情竟然是如此的艰难。我常常北望被金人侵占的中原大地，不禁热血沸腾，怒气如山。还记得刘琦等曾乘坐着高大的战舰在雪夜里大破金兵于瓜洲渡口，吴璘等也曾骑着披甲的战马在秋风中大败金军于大散关。想当初我自比万里长城，立志要为祖国扫除边患，到如今对镜照看，垂垂鬓发如霜，盼北伐恢复都成了空谈。这不由得让人缅怀诸葛孔明，《出师表》真可谓是名不虚传，又有谁能像诸葛亮那样鞠躬尽瘁，率三军复兴汉室北定中原？”

从这首诗作中，我们看到了一个忧国忧民，抗击复国理想至老不移，渴望效仿诸葛亮，施展抱负的爱国者形象。在这里，诗人遣词用句虽然充满忧愤，对于那些委曲求全的当权派十分不满，但是仍旧显示出高昂的爱国热情。

诗作的首两句“早岁那知世事艰，中原北望气如山”是诗人在回顾往事，表达了诗人此时心中的豪情壮志及无限的郁愤之情。这时，陆游已经60岁了，闲居在家乡山阴，英雄无用武之地。而且，这对陆游来说，也已经到了一个时不我待的年龄。此时，陆游不禁回忆起自己年少时北望中原、誓要收复失地的豪情壮志。

“中原北望气如山”指代的就是诗人在 39 岁时在镇江府任通判和 48 岁时在南郑任王炎幕僚之事。当时，诗人亲临抗金战争的第一线，北望中原，收复故土的豪情壮志，坚定如山。可是，诗人不曾想到的是，杀敌报国之路竟然如此的艰难。本以为只要自己英勇报国、倾力杀敌，就能很快实现北定中原的理想和目标。可是当权派的懦弱怯战，对主战派的排挤和打压，使得自己屡遭罢黜，仕途坎坷。因此，诗人看到至今仍旧丧失大片领土的中原大地，也不禁忧愤焦急，怒气如山。

可见，不管是在之前还是在此时此刻，诗人的心中始终有着满腔的爱国热忱。也正是因为这样，诗人北望中原才会有如此的感慨。

接着，“楼船夜雪瓜洲渡，铁马秋风大散关”。诗人描写了宋兵在东南和西北抗击金兵的战事，也概括陆游自身的军旅生活。“楼船夜雪瓜洲渡”是指宋高宗绍兴三十一年（公元 1161 年）十一月，金主完颜亮南侵，宋军在瓜洲一带抗击金军，后金军大败。“铁马秋风大散关”是指宋孝宗乾道八年（公元 1172 年），陆游在南郑与王炎积极筹划进兵长安，强渡渭水，与金军在大散关发生遭遇战。

这两句概括了宋军对战金军的辉煌战绩。但是，胜利的喜悦却是如此的短暂，在对金的战事中，北征战事在取得短暂的胜利之后又一次次溃败。在瓜洲一战后不久，张浚军在符离遭遇大败，狼狈南撤，北征成为泡影；在大散关大捷之后，王炎被调回临安，陆游的宣抚使府中幕僚也随之星散，北征又一次成为泡影。面对这种情况，诗人的激愤和心酸可想而知。

此时这两场辉煌战绩的表现与如今金军肆虐的情况构成了鲜明的对比。如今，在当权派对有志之士的打压和排斥下，国家仍然有大片的领土在敌军的铁蹄之下，自己的报国之志难以施展，北定中原的目标仍旧难以实现。这对于陆游来说，是一种极大的刺痛。

“塞上长城空自许，镜中衰鬓已先斑。”陆游少时，胸怀壮志，怀有抱负，自许长城，决心要捍卫国家，扬威边地。可是，对镜自照，自己已经进入垂暮之年，鬓发已经斑白，两相对照，不禁有种凄怆之感。同时，从这两句诗中，我们也能够发现陆游不管是在少年时，还是如今鬓发斑白时，抗金复国的理想和目标都从未变过。

如今壮志未酬，鬓发先斑，塞上长城也成为空许，这不禁让诗人感到深浓的悲怆和郁愤。

可是，诗人并没有完全被这种情绪笼罩和吞噬。相反，诗人始终是一个胸怀理想的人，虽然理想难以实现，目标难以达成，但是志向却没有因此而动摇改变。“出师一表真名世，千载谁堪伯仲间?”诗人一改悲怆郁愤的基调，对未来的抗金大业又充满了希望和追求。在这里，诗人以诸葛亮自况，也要效法诸葛亮的“鞠躬尽瘁，死而后已”，抗金报国之志至死不移，要重新立誓报国，希望还能够干一番抗金救国的大业。

可见，陆游“老骥伏枥，壮心不已”，这份浓烈爱国之情、报国之志无疑把他塑造成了一个标杆式的爱国主义典范人物，激励着后世无数的爱国志士和有志青年。

秋夜将晓出篱门迎凉有感

陆游所处的南宋时代，正处在国家危难深重、国土支离破碎的时期。这一时期，北方中原被金兵占领，南宋王朝只能屈居一隅，人民苦不堪言。而在这样的情况下，伟大的爱国诗人陆游却一直心系国家，坚持抗金，一直希望能够北定中原，恢复旧日山河。

淳熙十二年，陆游在闲居六年后起知严州，除军器少监。绍熙元年（1190 年），迁礼部郎中兼实录院检讨官。嘉泰二年（1202 年），权同修国史、实录院同修撰，兼秘书监。三年书成，升宝章阁待制，致仕。此后，陆游就长期蛰居山阴家乡，直至终老。可以说，这对陆游是一个巨大的打击和折磨，他一心为国，始终希望恢复北方中原的大好河山，如今却无用武之地，于是忧愤难抑，悲愁交加，常常吟诗以抒其怀，表其志。

而这年秋天，也就是宋光宗绍熙三年（公元1192年），诗人陆游已经年近七十，北方中原也已经沦于金人之手长达六十多年了。此时，诗人遥望着北方的大好河山，又一次壮怀激烈，充满忧国之心和报国之志。于是，陆游随即赋诗一首，以抒情怀，表达了渴望尽快恢复中原的强烈愿望和对北方民众的深切同情。

下面，我们就来一起看一下陆游的这首饱含着爱国热情的伟大诗作。

三万里河东入海，五千仞岳上摩天。
遗民泪尽胡尘里，南望王师又一年。

全诗大意如下："三万里长的黄河奔腾向东流入大海，五千仞高的华山耸入云霄迫近高天。中原人民在胡人的压迫下眼泪都已经流尽，他们盼望着王师北伐过了一年又一年。"

从这首诗作中，我们能够明显地感受到诗人陆游忧国忧民的爱国情怀以及对北方遗民的深切同情。他深切地希望南宋统治者能够尽快北上抗敌，收复中原，恢复旧日河山。

首先，诗作的前两句"三万里河东入海，五千仞岳上摩天"以阔大的视野、雄壮的笔触描写了北方中国的大致情形，使得一幅巍峨壮观的山河图赫然呈现在我们的面前。显然，诗人在这里对河海和高山的描写，不仅仅是彰显了祖国河山的奇伟壮丽，更是表达了对祖国河山的无比热爱。当然，在这字里行间，我们也能够体味到广大民众忍死存生的伟大胸襟和坚韧不屈的凌云壮志。

可事实上，昔日的壮丽山河，如今却生生地被破坏，支离破碎；昔日安稳富足的北方人民，如今也在金朝异族的统治下命如草芥，朝不保夕。显然，今时今日的祖国山河已经不复当年的模样，金兵的入侵给中原大地带来了巨大的灾难。尤其是对于北方的广大民众来说，沦落后的每时每刻都是一种折磨和煎熬。

也正是因为这样，北方的广大民众日夜祈祷，企望南宋统治者能够率领大军北定中原，驱除敌寇。“遗民泪尽胡尘里，南望王师又一年。”可以说，诗人在这里把北方人民渴望恢复河山的心理描绘得十分到位。“遗民泪尽胡尘里”写出了北方广大民众在金朝异族的统治下，饱受屈辱和压迫，经历折磨和打击，致使满眼含泪，渴望复国。而且，在这一句中，我们也能隐约地体会到广大的北方民众之所以忍辱存生，一次次地含泪求全，就是因为他们始终坚信，这一切都是暂时的，南宋朝廷一定会率大军驱除金兵，恢复中原，而自己如今的所有都是值得忍受的。

然而，让诗人和北方广大民众失望的是，一年又一年的时间过去了，北伐大军却始终没有消息。“南望王师又一年”，写出了诗人和北方广大民众深深的失望和失落之感。尤其是对诗人陆游而言，他在这里对南宋主和派和投降派表示了无限深痛的愤慨，对南宋统治集团的委曲求全、不思复国的苟安状态深恶痛绝。

“老骥伏枥，志在千里”，此时，诗人陆游虽然已经进入垂暮之年，但是诗人对于祖国的热爱，对于北定中原、恢复河山的伟大志向却始终坚定不移。正如他在《十一月四日风雨大作》中写的那样：“僵卧孤村不自哀，尚思为国戍轮台。夜阑卧听风吹雨，铁马冰河入梦来。”

可见，尽管诗人垂垂老矣，或许对于抗金大业力不从心，但是无论何时何地，陆游的心中没有一刻忘记过抗金复国的大业。加上如今陆游蛰居家乡，孤寂凄凉，看到依然支离破碎的祖国河山，心中的抗金理想一直不得实现，顿时愤懑、忧虑、失望的情绪涌上心头。

总之，诗人陆游在这首诗作中寄予了自己深浓的爱国之情和忧国之心，表达了自己对北方广大民众的同情，对南宋统治集团的谴责。显然，这是一首饱含着爱国情感的优秀诗作，它深深地激励着所有的爱国青年和有志之士投身到北定中原、恢复河山的伟大事业中来。

诉衷情·当年万里觅封侯

积贫积弱、日渐窘迫的南宋是一个需要英雄的时代，但这似乎又是一个英雄过剩的时代。陆游的一生以抗金复国为己任，志在忠勇报国，无奈却请缨无路，屡遭当权者的打压、排斥和贬黜，以至于晚年退居山阴，有志难伸。

事实上，在山阴的这段日子，陆游的身心是备受折磨的，也正是在这段时期，陆游写了大量的诗作来纾解心胸。而其中，十分重要的方面就是表现陆游抗敌复国的爱国热情的诗篇。在这里，诗人的生存状态与之前是有很大不同的。

陆游是一个忧国忧民的诗人，他志在抗金复国，始终把北定中原作为自己毕生的目标。然而，仕途的坎坷，当权派的打压和排斥，使得陆游有志难伸，有国难报。在罢官退居山阴之后，他仍旧不改其志，始终希望能够为国家报仇雪耻，恢复丧失的疆土，解放沦陷的人民。也正是因为这样，陆游虽然已经年近七十，但仍然未忘国忧。可以说，在陆游的身上，我们能够感受到一种永不衰竭的爱国精神，即使他已经年老体衰，但他的爱国热情和报国壮志仍未消失。

而下面的这首《诉衷情·当年万里觅封侯》就表现了陆游在闲居山阴时的雄心壮志及十分坚定的报国之心。下面，我们就来一起看一下陆游的这篇词作。

当年万里觅封侯，匹马戍梁州。关河梦断何处？尘暗旧貂裘。

胡未灭，鬓先秋，泪空流。此生谁料，心在天山，身老沧州！

全词大意如下：“当年奔赴万里之外的边疆，一心想要寻找建功立业的机会，希望能够成就功勋，于是单枪匹马奔赴边境保卫梁州。可是，如今防守边疆要塞的从军生活只能在梦中才会出现了，梦醒后就不知它在何处了。这时，唯有自己当初在军中穿过的貂皮裘衣还保存着，只不过已经积满灰土，变得又暗又旧。

“如今，匈奴还没有被消灭，自己的双鬓却早已经白如秋霜，此时也只能任凭忧国的眼泪白白地流淌。谁能料想我这一生，心始终在前线抗敌，人却要老死在沧州。”

从这首词作中，我们不难发现，陆游一生以抗金复国为己任，即使是陆游现在已经垂垂老矣，但是仍然雄心不已，时常忆起当年的戎马军旅生活，向往投身边塞，具有高亢的爱国热情、报国斗志。

词作的开头两句“当年万里觅封侯，匹马戍梁州”以回忆的笔触开篇。这点从“当年”两个字中可以窥见。而且，在诗人回忆的笔触下，我们看到了一个壮志凌云、奔赴战争前线之人的勃勃英姿，这个英姿和这份豪情无不令人肃然起敬。

据记载，乾道八年（公元 1172 年）春天，时年 48 岁的陆游接到四川宣抚使王炎的邀请，便只身离开夔州，风尘仆仆地前往当时西北前线重镇南郑。来到南郑之后，陆游在军中担任要职，这对他来说无疑是一件令人激动欣喜的事，因为他一直以来都希望能够杀敌报国、建功立业，实现自己的理想和抱负，而这是自己距离理想最近的时刻。

也正是因为这样，陆游经常身披铁甲，腰悬利剑，冒着严寒酷暑，踏着崎岖坎坷的山路，穿梭于岐渭蜀陇之间，调查地形，了解敌情，积极地为北伐做准备。而且，他还曾向王炎陈进取之策，对收复失地、统一祖国充满了胜利的信心。

同时，诗人陆游在这首词作中还化用了班超投笔从戎、立功异域以封侯的典故。可见，当时，陆游有着不小的雄心壮志，他立志要报效祖国，收拾旧河山。显然，陆游的心中有一颗赤子之心，希望自己能够在对敌作战中建功立业，成就威名。

这时，诗人陆游重忆当年南郑的这段壮怀激烈的戎马生活，不禁心潮澎湃，热血沸腾，然而，如今这种场景也只能出现在自己的梦里了，陆游杀敌报国的理想破灭了，如今自己垂垂老矣，梦醒之后，眼前的一切都已经不再是当初的模样，那雄伟险峻的关山江河如今也不知在什么地方，而唯一留在自己身边的只有那曾经穿在身上冲锋陷阵的旧貂裘。

可以说，这件旧貂裘是现在陆游唯一摸得着的念想。这也是陆游“匹马戍梁州”的纪念和见证，虽然它现在积满灰尘，被挂在墙上，但是对陆游来说仍然十分珍贵，它陪伴着陆游走过了壮怀激烈的岁月，承载着自己对祖国的一份使命和责任。因此，时至今日，虽然自己已然垂垂老矣，但是看着这件旧貂裘，仍然能够刺痛自己的灵魂，激发自己的爱国之心、报国之志，使自己仿佛又回到了当初的戎马军旅生活。

接下来，陆游把描写的笔触从回忆转回到现实。“胡未灭，鬓先秋，泪空流”表现了作者回到现实之后的感喟和无奈。梦醒之后，陆游看到昔日入侵中原的金人如今还没有被消灭，而自己却已经发染秋霜，年老体衰，不能再奔赴前线了。看到自己和国家的这种境况，自己壮志成空，国家仍受侵扰，陆游眼中的泪不禁顺势而下，空自垂泪。

其中“鬓先秋，泪空流”是陆游心中沉痛的写照，也是陆游爱国热情的直观显现。看着依然猖獗肆虐的胡虏，看着自己白如秋霜的鬓角，自己不禁忧心如焚，愁苦满面。而且，作者在这里还表现出了一种失望和痛苦的状态。此时此刻，在经历了大半辈子的起起伏伏后，陆游也清楚地知道，即使天假数年，自己白鬓变青丝，恐怕也难以力挽狂澜，虽然自己自幼立志杀胡救国，但自己怀才不遇，仕途坎坷，报国之志总是无法得到施展。因此，作者的忧国之泪也只能空流。

最后，陆游以三句话总结自己的一生，抒发自己强烈却无奈的爱国热情和报国斗志。“此生谁料，心在天山，身老沧州。”其中，“天山”是指抗敌前线，“沧州”是指如今的闲居之地。在这里，陆游发出了深深的感叹。如今，陆游已经年近七十，他一心系着国家安危、民族危难，一心想要抗敌救国，驱除胡虏，可是如今“僵卧孤村”，只能在梦境之中才能够重返前线，只能听由无情的岁月在自己的身上留下一道道的痕迹，“身老沧州”。

这里，我们不难发现陆游对现实有一种幻灭感和失落感，他的内心充满失望和痛苦，他多么希望能够再回到从前，再次奔赴战场，为国家扫除外患，卫国安民。显然，陆游心中仍心心念念着家国，即使是壮士暮年，仍然是雄心不已。这种高昂的爱国热情和始终如一的精神不禁令人动容，这样的爱国之心和暮年心志不禁令人肃然起敬。

十一月四日风雨大作

陆游，他是一个不幸和一生充满坎坷的人。他虽然出生于越州山阴一个有文化传统的官僚地主家庭，但是幼时正值金人南侵，和家人一起饱受颠沛流离之苦，少有安逸舒适的生活。也正是在这时，抗金复国的种子在陆游的心中暗暗滋生，生根发芽。

后来，秦桧死后，陆游得以顺利走上仕途。进入官场后，陆游力主抗金复国，但是却没有得到当权者的支持，几经起伏波折，一直没有得到重用。

陆游致仕后，长期蛰居农村，在幽静但却清贫的生活中度过晚年。

闲居山阴的日子对于陆游来说，是寂寞和冷清的，是备受煎熬的，他虽然闲居在家，但是却仍然心忧祖国，爱国情怀丝毫未减，日夜思念着报效祖国。这年，诗人陆游已经68岁了，绍熙三年（公元1192年）十一月四日夜，诗人的家乡山阴突然风雨大作，诗人卧在床上，听着外面风雨交加的声音，看着外面黑暗异常的环境，触景生情，他的内心顿时波涛汹涌，陷入了一种梦境之中，表达了自己希望金戈铁马驰骋中原的美好愿望和爱国之情。

下面，我们就来一起看一下诗人陆游的这首爱国主义诗作。

僵卧孤村不自哀，尚思为国戍轮台。

夜阑卧听风吹雨，铁马冰河入梦来。

全诗大意如下：“此时，我僵直地躺在孤寂荒凉的乡村里，不过并没有为自己的处境感到悲哀，心中想着的是如何替国家防卫边疆。就这样，夜不知不觉已经深了，我躺在床上听那风雨如注的声音，仿佛迷迷糊糊梦见自己正骑着披甲的战马踏过冰冻的黄河奔赴前线。”

从这首诗作中，我们不难想见一个境遇困顿、身体衰弱但是却心怀祖国、忧心国事的老者形象。而且，这位老者拥有着极大的爱国热情，他不顾个人的境遇，在风雨如磐的夜晚，他只是关注国家的兴衰命运，而没有考虑到自己的境况。也正是因为这样，整首诗情感激昂，精神饱满，有一股昂扬的激情和爱国报国的斗志。

开头一句“僵卧孤村不自哀”写出了诗人移居家乡山阴之后的困顿处境。此时，诗人已经垂垂老矣。而这位年近七旬的老人，在这样一个风雨交加之夜，此时躺在冰凉的被子里，只能强撑着自己衰老的身体。这是一幅多么凄惨的画面啊，在这样的环境之下，恐怕没有哪个人能够淡定自若，恐怕不得不令人产生悲戚之情。

可是，诗人并不“自哀”，他并没有把心思放在个人的身体健康和居住环境上，并没有为此而悲戚、埋怨、滋生不满情绪。显然，之所以如此，那是因为在诗人的心中，此时此刻有更为重要的事情，有让他更为挂心的事物。因此，诗人的注意力自然而然地转移到了其他的地方。

那么诗人此时在关心什么呢？“尚思为国戍轮台”，在这句诗里，诗人给出了回答。此刻，在风雨交加的夜晚，诗人关心的是在这风雨中飘摇的国家该如何守护，想的是要替国家防卫边疆、守卫国土。看来，在诗人的心中国家安危重于一切，国家目前的处境就犹如这风雨交加的夜晚，风雨飘摇，岌岌可危。

在这里，诗人深沉真挚地表达了一份收复国土、报效祖国的雄心壮志和一颗矢志不渝的赤胆忠心。可以说，这两句诗是诗人崇高的人格和灵魂的最好诠释。山河破碎，国难当头，诗人虽然退居家乡，不为朝廷所用，还“僵卧孤村”，但是诗人此时此刻，在这样的处境下仍然对国家心心念念着，把个人的安危处境完全抛诸脑后。无疑，这是一种巨大的爱国主义激情在支撑着他，让他能够心无旁骛，一心为国。

事实上，诗人陆游的心中始终有一份抗金复国的激情和斗志，他也正是因为热情抗敌才屡屡受到打压和排挤，才最后罢官闲居的。然而，此时，这位年近七旬的老人，他并没有后悔自己的选择，时至今日，他仍然希望抗金复国，挽救国家危亡，对国家的命运和前途尽到自己最后的责任。

“夜阑卧听风吹雨，铁马冰河入梦来。”诗人此时夜不能寐，听着外面如注的风雨噼噼啪啪的声音，诗人辗转反侧，这风吹雨打的声音，让诗人的心中充满无限的忧虑。他回忆起战争的风云变化，想起自己当年的军旅生活，念及国家的处境和危险，不禁对国家的前途和命运忧心忡忡。就这样，诗人听着、想着、念着、忧着，不觉恍惚进入了一个幻境，在这里，自己披着铁甲，骑着战马，正跨过冰封的冰河出征北方，志在一举扫除敌寇，实现抗金复国的大业。

无疑，在风雨如注的夜晚，诗人陆游的爱国之情、报国杀敌之心变得更加强烈了。这种强烈的程度让诗人不知不觉地进入了梦境。所谓，日有所思，夜有所梦，“铁马冰河”的梦境便是诗人爱国主义思想的充分体现，是诗人心系国家、担忧国事的直观显现。可见，诗人有一种坚定不移的报国之志和忧国忧民的拳拳之心。

尽管，诗人目前年老体衰，但是这颗抗金复国的赤胆忠心却未曾变过，这种矢志不渝的精神，希望报效国家的壮志雄心，令无数人为之动容。所以，这首《十一月四日风雨大作》是一篇洋溢着浓烈的爱国壮志的诗作，其中表达的爱国之情和报国之心，更是为无数的爱国志士树立了标杆和榜样。

示　儿

陆游是南宋时期最伟大的诗人之一。他的伟大不仅仅在于他的诗词成就，更重要的是他始终坚持抗金，虽然在仕途上不断受到当权派的排斥、打压，仍然能够矢志不移，有一种气吞残虏的爱国主义品质。

实际上，这种爱国主义品质从小就植根在陆游的血液里，他从小就有一种爱国的热情和报国的斗志。毕竟陆游生活在一个混乱的时代，一个充满战争、波诡云谲的环境中。幼年时期，由于敌人的入侵，陆游被迫在家人的陪同下仓皇逃难，颠沛流离，饱受苦难。

后来，在家庭和亲友的爱国言论的潜移默化的影响下，随着年龄的增长和见闻的增多，陆游对于当时日益严重的家国灾难有了更加深刻的理解和感受。因此，在陆游的青少年时期，他的心中就埋下了爱国、复仇的种子，就有了恢复中原的壮志。也正是因为这样，陆游一直坚持抗金思想，一直希望能够平定中原，光复国家。

可是，陆游进入仕途后屡受当权派的排斥和打击，报国、救国的抱负和理想一直难以施展。不过，陆游从来没有放弃过，直到晚年，陆游闲居在老家越州山阴的时候，在身患重病的时候，仍然念念不忘国家大事，仍然对平定中原寄予厚望。而下面的这首诗作，就很好地表现了这一点，它鲜明而深刻地刻画了陆游在生命垂危之际壮志不改的爱国热情。

下面，我们就来一起看一下陆游的这篇引发无数爱国志士共鸣的诗作。

死去元知万事空，但悲不见九州同。
王师北定中原日，家祭无忘告乃翁。

全诗大意如下：“快死了才知道死去了就什么都没有了，只是为没有亲眼看到祖国的统一而感到悲伤。当宋朝的军队收复祖国领土的那一天，在祭祀祖先的时候，千万不要忘记把这件事告诉我的在天之灵。”

这首诗是陆游的绝笔诗，也是留给儿子的临终遗嘱。在诗中，陆游为我们描述了一个即将去世的老人，这位老人至死都念念不忘“北定中原”，不忘因为外族入侵而导致山河破碎的现实。即使现在自己已经走到了人生的最后阶段，但是仍然挂念国家的安危，希望在国家扬眉吐气的那一天，共享这胜利的消息。可见，诗人在弥留之际，心中仍然有一份对祖国的深深眷恋和挂念，仍有一份强烈且炽热的爱国热情。

诗作的首句“死去元知万事空”描写了人死之后的状态，所谓人死灯灭，人死了之后就什么都没有了，万事万物就都可以放下了，了无牵挂了。可是这对于心念祖国、怀抱理想的人来说，却是抱憾而终，有诸多的放不下、割不掉。此时，陆游就是这样的情况，在生命的最后时刻，他什么都可以放下，唯独难以放下的就是如今外敌仍然肆虐，沦丧的国土还没有收复。“但悲不见九州同”，诗人把国家的统一当成了自己心中最重要的事，此时此刻唯一让陆游悲痛的只有国家的处境和危乱的局势。

要知道，一个人垂死之际挂念的事一定是对他来说最重要的事。毕竟，人生是一个舍得的过程，有舍有得，这点随着年龄的增长，人们会有越来越深的体会和理解。所以随着年龄的增长，人们便越来越学会放下，学会取舍，从而更加从容豁达。这是对于大多数的普通人来说的。可是，陆游绝对不是一个甘心于默默无为的普通人，他心忧国家，怀揣理想和抱负，对于祖国有着一份强烈的使命感和责任感。因此，他越是到最后，越是挂念国家的安危和前途。

同时，陆游对于国家光复的伟大事业始终保持着乐观昂扬的态度。即使是此时此刻，他虽然悲痛，但是仍旧没有丧失希望，他始终坚信有一天大宋军队能够驱除鞑虏，光复失地，一雪前耻。因此，诗人发出了“王师北定中原日”的呼声。这时，诗人的内心不再悲痛，不再失落，转而化为一种积极达观的基调。

可是，无奈，诗人自己或许等不到这一天了，于是他把希望寄托在了后辈子孙的身上，于是他在最后深情地嘱托儿子“家祭无忘告乃翁”，希望在国家光复的那一天，祭祀祖先的时候，后辈子孙千万别忘记把“北定中原”的好消息告诉他。

在这里，诗人用生命的最后力量叮嘱自己的儿子，要把国家光复的消息告诉自己，这种忧国忧民的爱国情怀、至死不渝的战斗热情令人们敬佩不已。这是陆游对抗金事业必成的坚定信心，是内心情感的自然流露，可以说是陆游一生爱国思想的升华和总结。

“鸟之将死，其鸣也哀；人之将死，其言也善。”这首诗是作者陆游的绝笔之作，可以说，这里的思想包含了陆游内心最真实的想法、最热切的希望、最强烈的追求。而这一切归结到一起，都是由于陆游由始至终的爱国热情导致的。正是因为有了这颗赤子之心，陆游才能在此时此刻不忘初心，不顾个人，不计生死，只愿“九州同”。相信，读过陆游这首诗作的人都会深深地记住这首诗。陆游的爱国之情在这首诗作中得到了淋漓尽致的展现，这种爱国之情，让每一位爱国志士和有志青年都为之动容，深受激励。

水龙吟·登建康赏心亭

辛弃疾，中国南宋诗人，一生力主抗金，以恢复中原为己任，希望能够早日北定中原。也正是因为这样，辛弃疾在闲暇的时候时常会回忆起他少年时突入金营生擒叛徒张安国的英雄事迹。而且，辛弃疾早在20多岁的时候就曾奏进《美芹十论》，分析帝王形势，提出抗金复国的具体主张和策略。

可是，词人辛弃疾的所谓抗金主张和策略屡遭投降派和主和派的阻挠，没有得到南宋统治集团的认同和肯定，都未能得以采纳和施行。而此时辛弃疾已经南归八九年了，可是如今仍旧投闲置散，仅仅出任建康通判这样一介小官，而自己的抗金主张和复国理想一直无法得以实现。

可以说，对于一心抗金、力主复国的辛弃疾来说，这是一种极大的折磨。辛弃疾以统一天下为己任，“以气节自负，以功业自许”，但是，现实是残酷的。一天，辛弃疾忧愤交集，他登上建康的赏心亭，遥望着北国的山川风物，念及自身，更是被一种壮志未酬的悲愤情绪袭上心头。在这样的情景下，词人辛弃疾随即写了一首《水龙吟·登建康赏心亭》，以寄托胸怀，表达自己英雄无用武之地的悲愤心情和希望抗金复国的伟大理想。

下面，我们就来一起看一下辛弃疾的这首词作。

楚天千里清秋，水随天去秋无际。遥岑远目，献愁供恨，玉簪螺髻。落日楼头，断鸿声里，江南游子。把吴钩看了，栏杆拍遍，无人会，登临意。

休说鲈鱼堪脍，尽西风，季鹰归未？求田问舍，怕应羞见，刘郎才气。可惜流年，忧愁风雨，树犹如此！倩何人唤取，红巾翠袖，揾英雄泪！

全词大意如下：“辽阔的南国秋空千里冷落凄凉，江水随着天空流去，秋天更是无边无际。极目远望远处的山岭，只引起对国土沦落的忧愁和愤恨，还有那群山像女人头上的玉簪和螺髻。西下的太阳斜照着这楼头，在长空远飞离群孤雁的悲鸣里，还有我这流落江南的思乡游子。我看着这宝刀，狠狠地把楼上的栏杆都拍遍了，也没有人领会我现在登楼的心意。

“别说鲈鱼切碎了能烹成美味佳肴，西风吹遍，不知张季鹰已经回来了没？像是只为自己购置田地房产的许汜，怕会羞于看见才气双全的刘备。可惜时光如流水一般过去，我真担心风雨飘荡中的国家，真像桓温所说树也已经长得这么大了！叫谁去请那些披红着绿的歌女，来为我擦掉英雄失意的眼泪。”

在这首词作中，我们看到了词人希望恢复中原、统一祖国的抱负和愿望无法实现的失意感慨，深刻揭示了英雄志士有志难酬、报国无门的苦闷心情，极大地表现了词人诚挚无私的爱国情怀。

首先，在词的上阕，词人辛弃疾采用大量的笔墨来写景，而且使得写就的景色显得非常有层次感。“楚天千里清秋，水随天去秋无际”是写词人登上赏心亭之后看见的景色。楚天千里，秋色无边无际，大江流向天边，不知何处才是它的尽头。这里诗人登高远眺，看见了壮阔辽远的情景，给了词人一个开阔的视野。

接着，“遥岑远目，献愁供恨，玉簪螺髻”。词人继续观看着眼前壮丽美妙的风景。放眼望去，那层层叠叠的远山或是像美人头上的发髻，或是像插在美人头上的玉簪。可是，眼前再美的风景也只能引发自己的无限愁绪。

毕竟，眼前可见的不远处的大好河山就是江淮前线，举目遥望就是北方的中原大地。如今，北方沦丧，山河破碎，词人却有志难抒，报国无门，得不到赏识和重用，这让词人的心中满是忧愤。所以，眼前的大好河山也似乎成了“献愁供恨”的东西，让词人的心中忧愁满腹，悲愤不已。所以，词人眼前的景色纵是再美也是灰暗的，也很难调动词人的情绪。

就这样，悲愤的情绪随着日头的垂落进一步升级。“落日楼头，断鸿声里，江南游子。”这里，词人由景生情，看着落日就想到了如今国势颓废的南宋，看着断鸿就想到了自己飘零的身世和孤寂的心境。

事实上，辛弃疾一开始自主抗金起义，后来归于南宋。他一直希望能够和南宋大军一起抗击金兵，可是如今南宋的统治集团根本无意北上伐金，甚至对自己以及和自己同样有抗金主张的有志之士采取排挤打压的态度，这使得词人顿时有一种错投南宋的飘零之感。显然，此时词人内心是异常纠结悲愤的。

“把吴钩看了，栏杆拍遍，无人会，登临意。”在这里，词人直抒胸臆，表达自己内心的郁结，抒发自己报国无门、壮志难酬的愤慨。本来，吴钩是沙场杀敌的利器，可是如今却成了词人的把玩之物，无用武之地。而且，词人把赏心亭上的栏杆拍遍，也没有人了解词人心中的烦闷。

可见，词人虽然有杀敌报国的雄心壮志，可却无用武之地，虽然自己急切地希望北定中原、收复河山，具有复国雪耻的伟大抱负，可是却不被南宋统治集团理解和认可，以至于至今仍然投置闲散，无法施展才能。

延续着这样的愤懑和忧虑，词人辛弃疾在下阕直接言志，抒发胸怀。“休说鲈鱼堪脍，尽西风，季鹰归未?”词人在这里表达了对北方家乡的深深思念以及对南宋朝廷无动于衷、不思北伐的无限激愤。其中，词人还运用了一个典故。也就是晋朝人张翰（季鹰）在洛阳做官，见到秋风起，于是便想起家乡美味的鲈鱼，遂弃官回乡。而此时已值深秋时节，词人念及于此，不禁对北方故地产生深深的眷恋，可是眼下局势也是有家难归，可见，词人对北方中原的挂念和思念是显而易见的。

但是，词人对北方中原、对家乡的思念，并不是因为贪图安逸的生活，而是希望能够早日恢复中原，收复旧山河。也正是因为这样，词人才写道："求田问舍，怕应羞见，刘郎才气。"其中"求田问舍"也用了一个典故，意思是刘备批评许汜在国家危难之际只知道置地买房。可见，词人对北方中原寄托的是一种收复中原的雄伟壮志，而非为了个人的名利得失。

不过，时光流逝，北伐无期，词人看到眼前的情景，看着自己年岁日增，不禁忧愁不已，唯恐即使是自己有报国的雄心到头来也只能是有心无力了。"可惜流年，忧愁风雨，树犹如此！"就把此处的这种情绪很好地体现了出来。

其中，"树犹如此"也使用了一个典故。据记载，桓温北征，经过金城，看见自己过去种的柳树已经长到几围粗了，便感慨道，树已经长得这么高大了，人怎么能不老呢。词人在这里借用这个典故来感叹岁月流逝。

"倩何人唤取，红巾翠袖，揾英雄泪！"词人把自己报国无门的悲愤情绪推到了极致。抗金复国的理想不禁化作了英雄的一滴泪，此处一种知音难觅、报国理想无人赏识的忧愁情绪令词人情难自禁，潸然泪下，忧心忡忡。

可见，词人对于北伐抗金、恢复中原有热切的期盼，对于英雄志士报国无门、有志难伸的情状无限悲愤。无疑，这一切都是因为在词人的心中，有对祖国强烈的爱国之情，有当仁不让的责任感和使命感。

破阵子·为陈同甫赋壮词以寄之

辛弃疾一生坚持抗金主张，又有着出色的才干，但是他豪放倔强的性格和执着北伐的热情却让他难以在当时猥琐懦弱、嫉贤妒能的官场上立足。因此，辛弃疾自步入仕途后，就屡遭打压和排挤，抗金的主张和建议也一直没有被采纳和实施。

淳熙八年（公元 1181 年），辛弃疾因受到弹劾而被免职，归居江西上饶。在闲居上饶的日子，虽然辛弃疾有志难伸、报国无门，但是仍旧怀有一颗赤子之心，始终不忘北伐抗金，收复失地，建功立业。

淳熙十五年（公元 1188 年）冬，辛弃疾的好友陈亮

（陈同甫）来到上饶拜访辛弃疾。说到陈亮，他与辛弃疾才气相若，抱负相同，“为人才气超迈，喜谈兵，议论风生，下笔数千言立就”。他先后写了《中兴五论》和《上孝宗皇帝书》，积极主张抗金，因此他们都是力主抗金复国的志士，慷慨悲歌的词人。

一次偶然的机会，辛弃疾和陈亮经友人介绍，得以相识。他们忧心国事，反对投降，力主抗金，矢志整顿山河，北定中原，统一国家。这种相同的政见、一致的主张，成为他们相识相处、引为知己的基础。因此，他们很快便成为相互信任、相互支持、相互鼓励的好友。他们经常在一起商讨国事，谈论抗金复国大业。

这次，陈亮拜访辛弃疾主要是因为不思北伐的高宗（赵构）病亡，孝宗继位，他希望借此机会积极地联络爱国志士，推动抗金事业的发展。就这样，陈亮来到上饶。辛弃疾看到许久未见的好友陈亮，喜出望外，兴奋异常，于是两人同饮瓢泉，同游鹅湖，共同商谈抗金大事。

但是终因为势单力薄，陈亮和辛弃疾的此次聚首并没有达到预期的目的，于是陈亮在上饶辛弃疾处留住十天后，就飘然东去。辛弃疾得知后，抓紧追赶，想要挽留陈亮多住些时日，进一步交流一下思想。可是，却没有追赶上，于是辛弃疾感到非常惋惜。就是在这样的背景下，辛弃疾写下了这首《破阵子》以寄好友陈亮，表达自己的抗金主张和报国志向。

下面，我们就来一起看一下辛弃疾的这篇词作。

醉里挑灯看剑，梦回吹角连营。八百里分麾下炙，五十弦翻塞外声。沙场秋点兵。

马作的卢飞快，弓如霹雳弦惊。了却君王天下事，赢得生前身后名。可怜白发生。

全词大意如下："醉酒之中挑亮油灯观看宝剑，不觉梦中回到了当年的各个营垒，此时各营垒接连响起号角声。将军把烤牛肉分给部下，乐队演奏着以边塞为题材的雄壮悲凉的军歌。看来，这是秋天在战场上点兵。

"战场上的战马像的卢马一样跑得飞快，军士们拉弓时弓弦响如惊雷。事实上，我一心想着替君主完成收复国家失地的大业，博得生前死后的美名。只可惜现在已生白发。"

在这首词作中，我们不难发现，辛弃疾化身为词中的将军，将自己的爱国之心、忠君之念推向了顶点，表达了词人想要杀敌报国、恢复祖国河山、建功立业的雄心壮志以及年老体迈壮志未酬的思想感情。

首先，词作的上阕表达了词人内心的波澜起伏，梦回军营的场景。辛弃疾在与陈亮商议完抗金大业之后，他的内心思潮汹涌，热血翻滚，即使到了夜深人静之时仍旧毫无倦意，无法入眠，于是词人只好饮酒来舒缓心怀。

但是醉酒之后，词人辛弃疾的内心更加不安分了，他一次又一次地挑亮灯火，久久地端详着这曾经伴随自己征战杀敌的宝剑，顿时豪情万丈，渴望着能够重上战场，挥师北伐，收复失地。就这样，词人辛弃疾不觉在恍惚中又回到军营，又回到了那个能够实现自己理想和抱负的地方。

可见，词人辛弃疾一直心系军营，始终希望能够奔赴军营，北伐抗金，在战场上为国杀敌，建功立业。尤其是在和陈亮谈论了抗金大业之后，辛弃疾的内心对于抗金大业更加急切和渴望，以至于在梦中把这一些变成“现实”。

“梦回吹角连营”，这时在军营中，天已经破晓，号角声陆续地响了起来。这是多么振奋人心的声音啊，是多么催人勇往直前的力量啊！将士们在这一声声的号角中，整装待发，词人辛弃疾在这一声声的号角中，满怀的豪情壮志也被极大地激发出来。而且，词人辛弃疾还摇身一变，在军营中成了统领军营的将军。

“八百里分麾下炙，五十弦翻塞外声。”这时，雄壮的军容，将士们高昂的情绪在这里得到淋漓尽致的体现。在这里，兵士们欢欣鼓舞，饱餐将军分给的烤牛肉，军中还奏起了振奋人心的战斗乐曲。一切都显示出了军营中积极、高昂、亢奋的战斗情绪。而“沙场秋点兵”更是指出了这次行动的目的，是要在这“秋高马壮”之际，点兵出征，北伐抗金。

显然，从这一系列的描述中，我们可以看出词人辛弃疾对于北伐抗金怀有坚定执着的信念，以及积极乐观的战斗情绪，在字里行间也表达出了北伐必胜的信念。这一基调是高昂的。

紧接着，词人辛弃疾把描写的笔触投放到了战场之上。“马作的卢飞快，弓如霹雳弦惊。”在战场上，战马就像古时的的卢马一样跑得飞快，将士们也都满怀斗志，弓箭犀利。其中，“的卢”是一种额部有白色斑点而性烈的快马。据说，三国时期刘备靠着的卢马从襄阳城西的檀溪水中一跃三丈，脱离险境，转危为安。

从这两句中，我们不难看到在抗金北伐战争中，将士们个个奋勇向前，英勇杀敌，不畏生死。可见，将士们在战斗中显示了极大的战斗热情和为国牺牲的精神。而这一切，都是因为沉积在将士们心中的爱国之情、报国之志。当然，这也是词人辛弃疾内心情感的真实写照。他渴望自己能够带领将士们奋勇杀敌，完成恢复中原的抗金大业。

可以说，这是词人辛弃疾的理想和目标。“了却君王天下事，赢得生前身后名。”可见，词人把抗金复国大业当成了自己毕生的事业，他这一生都要为抗金复国建功立业，担君之忧，为己扬名。无疑，这表现了词人的一种奋发有为的积极思想，是辛弃疾抗金主张的直接表白。

但是，岁月不等人，随着时间的流逝，辛弃疾的抗金主张一直得不到支持和试行，北伐抗金建功立业的理想也久久难以实现，如今白发日生，不禁让辛弃疾有一种报国无门、壮志未酬的失落之感。

事实上，这从另一个侧面也反映出了词人辛弃疾以恢复中原为己任，并一生坚持、始终不移的豪情壮志。也正是因为这样，这时辛弃疾白发渐生，光复中原的伟大志向尚未实现，才不禁让他有一种悲怆感。所以，在这首词作中，我们看到了词人披肝沥胆、为国为民的爱国热情以及希望在有生之年北伐抗金的远大抱负。

南乡子·登京口北固亭有怀

辛弃疾一生坚决主张抗击金兵，北定中原，收复失地。但是在抗金复国的道路上，辛弃疾一直遭到朝中投降派、主和派的掣肘和阻挠，因此在仕途上屡屡受挫，起起伏伏，有志难伸，有国难报。也正是因为这样，辛弃疾对于南宋朝廷苟且偷安表示强烈的不满，对自己怀才不遇、国家领土分裂显示出无限的悲伤。

淳熙八年（公元 1181 年）冬，42 岁的辛弃疾刚刚调任浙西路提点刑狱公事就遭到弹劾，称辛弃疾结党营私，欺上瞒下。而宋孝宗也亲自认定了这一事实，给予辛弃疾罢官的处分。辛弃疾被弹劾免职后，归居于上饶，在此后 20 年的时间里，他除了有两年一度出任福建提点刑狱和福建安抚使外，大部分时间都在乡闲居。

后来，宋宁宗嘉泰三年（公元1203年）六月，辛弃疾被起用为知绍兴府兼浙东安抚使。次年正月，辛弃疾被改派到镇江府去做知府，当时辛弃疾已有60多岁了。而镇江在历史上曾是英雄用武和建功立业的地方，此时成了与金人对垒的第二道防线。因此，对于此次任命，辛弃疾是满心的欢喜，他想着能够借此来实现自己多年的抗金夙愿。

就这样，在接下来的时间里，辛弃疾提出了富有远见的抗金作战计划，做了大量而细致的抗金北伐准备工作，厉兵秣马，进行备战。他认为对金作战一定要有积极的备战和详尽的计划才能取得胜利。可是，发动开禧北伐的平章军国事韩侂胄却一意孤行，不听辛弃疾的劝阻和建议。因此，在对金作战细节上，双方观点分歧，矛盾日益激化。而饱经宦海浮沉的辛弃疾面对这样的情况，不禁感到时局艰危，一阵忧郁袭上心头。一天，他登上北固山，俯视滚滚东去的长江，心潮起伏，触景生情，满怀忧国悲愤写下了这篇《南乡子·登京口北固亭有怀》，表达了自己深浓的爱国之情、报国之志。

下面，我们就来一起看一下辛弃疾的这篇词作。

何处望神州？满眼风光北固楼。千古兴亡多少事？悠悠，不尽长江滚滚流！

年少万兜鍪，坐断东南战未休。天下英雄谁敌手，曹刘，生子当如孙仲谋！

全词大意如下："极目远望，什么地方可以看见中原呢？在北固楼上，满眼都是美好的风光。从古到今，有多少国家兴亡的大事呢？只怪年代太久远了，但是往事连绵不断，如同没有尽头的长江水滚滚东流，永远也流不尽。

"当年孙权在青年时代，就已经能够带领千军万马，做了三军统帅。他占据东南，坚持抗战，从未向敌人低头和屈服过。试想，天下英雄谁是孙权的敌手呢？恐怕只有曹操和刘备而已。这样也就难怪曹操说，生儿子就要像孙权那样的。"

在这首词作中，作者通过对古代英雄人物孙权的歌颂，表达了作者渴望像古代英雄人物那样金戈铁马，收拾旧山河，为国效力的壮烈情怀。而且，全词字里行间饱含着浓浓的爱国思想，无奈报国无门，所以这篇词作抒发了作者报国的雄心壮志和一片赤子之心。

首先，词作的开头两句"何处望神州？满眼风光北固楼"点明词人辛弃疾所处的地方以及所见之风景。这时，南宋与金以淮河分界，词人辛弃疾登上长江之滨的北固楼，翘首遥望着江北的金军占领区，不禁感到眼前的风景已经不同往日，中原大地残破不堪，唯独留下北固楼周遭的一片风景。

显然，词人辛弃疾在一开篇便带着浓郁的兴亡之感和国家沦丧之痛，饱含着浓浓的家国之恨和爱国情思。在这样的思想状态下，词人的心中满是忧国忧民的思想，尽是收复失地、恢复中原的志向。

接着，词人由眼前的景物触发感慨。“千古兴亡多少事?”站在北固楼上，词人遥望“北国”，不禁产生了千古兴亡之感。历史变幻无常，世事常常令人难以琢磨，不知道古往今来发生过多少国家兴亡的事情呢？然而，这一点词人无从知晓，也不可计数，但“悠悠，不尽长江滚滚流”。时间之漫长久远，国家的兴亡起伏，似乎就犹如这滚滚东流水，永不止息。

可见，词人登上北固楼遥望着远处的风景，看着滚滚东逝的长江水，不禁思绪万千，生发国家兴亡之感。有道是“大江东去，浪淘尽，千古风流人物”。也正是在这样的思想背景下，词人穿越古今，想到了三国时期的英雄少年孙权。

“年少万兜鍪，坐断东南战未休。”想当年，在这江防战略要地，多少英雄“金戈铁马”竞相争雄，而三国时期的孙权无疑是其中最突出的一位。他继承父兄之志，年纪轻轻奋发图强，励精图治，统率千军万马，雄踞江东，真可谓是英雄出少年。

确实，孙权是一个少年英雄。在孙权 19 岁的时候，他继承父兄遗志统管江东，后西征黄祖，北拒曹操，独领一方。而且，赤壁之战打破曹兵时，孙权年仅 27 岁，因此，毋庸置疑，孙权是一位年少有为、具有雄才大略的少年英雄。

而且，孙权拥有非凡的气魄和胆识，敢于与兵多将广、实力雄厚的曹操较量，突出了他不畏强敌、坚决抵抗的壮志。同时，孙权不断征战，不断壮大，从而“坐断东南”，也突出了孙权的雄心。可以说，这是一个具有雄心壮志的英雄人物。而词人辛弃疾在此大力渲染孙权的英雄气概，其实也是在表露自己希望抗金复国、恢复中原的雄伟志向。他希望自己能够像孙权一样兼具文治武功，实现收复中原的伟大目标。当然，其中也不乏作者对朝中求和派庸碌无能、怯懦求安的嘲讽。

因此，词人对孙权的极力赞美和渲染其实就是在张扬自己的抗金复国主张，体现自己坚持抗金的主张。也正是因为如此，词人辛弃疾把孙权推到了无与伦比的高度。“天下英雄谁敌手？曹刘，生子当如孙仲谋。”据《三国志》记载，曹操曾对刘备说：“天下英雄，惟使君与操耳！”辛弃疾正是借用了这段故事，把曹操和刘备作为配角，说天下英雄只有曹操和刘备堪与孙权争雄。可见，在词人的笔下，孙权是三国时代第一流的英雄人物。

实际上，词人辛弃疾正是借助孙权这一英雄形象来慨叹南宋缺少大智大勇之人，对当朝主和派表示出极大的不满。尤其是“生子当如孙仲谋”便是借曹操之口来讽刺当朝主和的大臣们的苟且偷安、怯懦无能。据记载，曹操在一次与孙权的较量中，见吴军乘着战船，军容整肃，孙权仪表堂堂，威风凛凛，说道：“生子当如孙仲谋，刘景升（刘表）儿子若豚犬耳！”可见，一世枭雄曹操，对敢于与自己抗衡的强者，投以敬佩的目光，而对于那种不战而请降的懦夫，如对刘景升儿子刘琮则十分轻视，斥为任人宰割的猪狗。显然，这也是词人对主和派的态度。

在这里，词人只用了前半句“生子当如孙仲谋”，所以，词人辛弃疾对抗击复国大业寄予了积极乐观的理想，他积极地主张抗金复国，他希望朝廷重臣都能如孙权般，不畏强权，勇于抵抗，誓死捍卫国家领土。显然，词人在赞美称颂孙权的同时也是在积极地表现自己的抗金复国主张，显示出了他浓烈的爱国之情和报国之志。

永遇乐·京口北固亭怀古

南宋时，抗金的主战派势力总是居于下风，因此，很长一段时间，辛弃疾都在江西乡下赋闲，不得重用，这使得辛弃疾的爱国之心、报国之志无处安置。直到南宋嘉泰三年（公元 1203 年）夏，辛弃疾被起知绍兴府兼浙东安抚使。

次年正月，辛弃疾被调任为镇江知府。此时韩侂胄当权，为“立盖世功名以自固”，他发动了“开禧北伐”。然而，这位位高权重的宰相此次北伐带有很强的私人目的，他急于北伐，起用主战派，是希望能够通过打败金兵来捞取政治资本，巩固自己在朝堂的势力。

然而，精通兵法的辛弃疾深知战争决非儿戏，一定要做到知己知彼，才能有取胜的把握。于是，辛弃疾就任镇江知府后，积极地派人去北方侦察，安排部署抗金的有关准备工作。可是，在时机还未成熟、准备还未充分的时候，宰相韩侂胄就急于对金开战。

诚然，辛弃疾支持北伐抗金，也认为抗金复国大业刻不容缓，但是对独揽朝政的宰相韩侂胄的这种轻敌冒进的做法，又感到忧心忡忡。他认为应该做好充分准备，决不能草率行事，否则，难免会重蹈覆辙，使北伐再次遭到失败。不幸的是，辛弃疾的意见并没有引起南宋当权派的重视。

这天，辛弃疾心怀复杂的情绪，又一次来到京口北固亭，登高远望，看着已经属于金国的长江以北的广大地区，怀古忆昔，顿时心潮澎湃，感慨万千，于是就写下了这首词中佳作。

下面，我们就来一起看一下辛弃疾这篇传唱千古的爱国主义词作。

千古江山，英雄无觅，孙仲谋处。舞榭歌台，风流总被，雨打风吹去。斜阳草树，寻常巷陌，人道寄奴曾住。想当年，金戈铁马，气吞万里如虎。

元嘉草草，封狼居胥，赢得仓皇北顾。四十三年，望中犹记，烽火扬州路。可堪回首，佛狸祠下，一片神鸦社鼓。凭谁问，廉颇老矣，尚能饭否？

全词大意如下："历经千古的江山，再也找不到像孙权那样的英雄。当年的舞榭歌台还在，可是英雄人物却随着岁月的流逝早已不复存在。此时斜阳照着长满草树的普通小巷，人们说那是当年刘裕曾经住过的地方。回想当年，他领军北伐、收复失地的时候气吞山河，是何等的威猛！

"然而，刘裕的儿子刘义隆好大喜功，仓促开展北伐，却反而让北魏太武帝拓跋焘乘机挥师南下，兵至长江北岸而返，遭到对手的重创。如今，我回到南方也已经有四十三年了，看着中原大地，仍然记得扬州一带烽火连天的战乱场景。怎么忍心回首呢，当年拓跋焘的行宫外现在竟然有百姓在那里祭祀，乌鸦啄食祭品，人们过着社日，只把他当作一位神祇来供奉，而不知道这里曾是一个皇帝的行宫。还有谁会问，廉颇老了，饭量还好吗？"

在这首词作中，词人辛弃疾登临京口北固亭，面对锦绣江山，不禁感慨万千，缅怀起历史人物，在字里行间表现了自己忧心国事的爱国情怀，壮志未酬的雄心壮志以及自己抗金复国主张。在这里，我们显然看到了一个饱含着爱国之情、报国之志却无用武之地的豪杰形象。

首先，词作的上阕怀古抒情。词人辛弃疾登上北固亭，看着眼前的这片江山，不禁想到三国时期的英雄人物孙权和南朝刘裕。因为，京口是孙权当时设置的重镇，还一度被立为都城，而且还是南朝宋武帝刘裕生长和建功立业的地方。

毕竟，南宋时期是一个呼唤英雄的时期，词人辛弃疾登楼远望，就不禁想到了三国英杰孙权。孙权雄踞江东，有着统一中原的雄心壮志。而且，在迁都建业以前，他曾在京口建都，作为新都的屏障，还击退了曹操大军的侵犯，保卫了国家。可以说，他是一个当之无愧的英雄。然而“千古江山，英雄无觅，孙仲谋处”。如今再也找不到像孙权一样的英雄豪杰，词人顿时有了一种“物是人非”的失落和悲怆之感。随着岁月的流逝，历史的车辙把这些英雄的足迹都给掩盖了。

“斜阳草树，寻常巷陌，人道寄奴曾住。”词人不禁想到了孙权，还发现这里还曾是南朝宋武帝刘裕生长的地方。刘裕（小名寄奴）是中国历史上卓越的军事家、统帅，隆安三年（公元 399 年）参军起义，此后对外消灭割据势力，对内收复失地，并两次挥师北伐，先后消灭南燕、后秦，最终自立为帝，开朝建都，被明代大思想家李贽誉为“定乱代兴之君”。因此，刘裕也正应了下面的“想当年，金戈铁马，气吞万里如虎”这几句，真可谓是一世豪雄。

可见，词人辛弃疾对孙权、刘裕寄予了无限的敬佩之情，他由衷地希望在如今的抗金大业中能够有这样的英雄人物，以便顺利完成抗金大业。而且，在对孙权、刘裕极力赞美中，词人也表达了自己立志报国、实现抗金复国的雄心壮志和壮阔胸怀。无疑，在词人辛弃疾的心中，他一直希望能够实现自己的抗金主张，实现自己的抱负。

接着，在词作的下阕，词人通过历史典故来传达自己的抗金主张和现实感慨。“元嘉草草，封狼居胥，赢得仓皇北顾。”在这里词人利用典故来表达自己抗金的主张和观念，从而提出一个历史教训。据记载，南朝宋文帝刘义隆曾三次进行北伐，但是都没有成功。尤其是元嘉二十七年（公元450年）第三次北伐，以大败作罢，损失惨重。

实际上，起兵之前刘义隆曾听取彭城太守的北伐之策，而且当时的北魏也并非是铁板一块，军事力量也并不占优势，因此如果安排得当、考虑周全，是能够获得北伐胜利的。但是，宋文帝却急于求成，在没有准备好的情况下匆忙开战，以至于最后反而招致北魏拓跋焘的大举南侵。由此，作者抒发感慨，表明在对金作战中，要想取得胜利，同样需要谋定而后动，且不可操之过急，匆忙用兵。否则，南朝宋文帝就是前车之鉴。

当然，安排得当也并非是一味拖延。词人联系自己的实际情况强调了抗金的紧迫性。“四十三年，望中犹记，烽火扬州路。”在这里，词人回忆到四十三年前北方人们反抗异族统治的如火如荼的斗争，而自己也曾在扬州以北的地区参加过抗金战斗。后来南归，本想凭借国力，恢复中原，可是由于当权派的打压，终致英雄无用武之地，如今自己也已经步入垂暮之年，却依然壮志难酬。

然后，词人采用今昔对照的手法。“可堪回首，佛狸祠下，一片神鸦社鼓。”这一句强调了收复失地、北定中原的紧迫性和必要性。因为如果北伐战事久久拖延，一旦民心丧失，那就更加难以成就了。就像南朝时期南北持久割据，以至于北方的人们安于异族的统治，把北魏皇帝和金主完颜亮当作神来供奉。可见，北定中原、收复失地是刻不容缓的。在这里，表现了词人一种想要抗金复国的急切心理和忧患情绪。

"凭谁问，廉颇老矣，尚能饭否？"最后词人辛弃疾以廉颇自比，表达自己抗金复国的坚定决心，反映自己对朝廷、对国家忠心耿耿，只要被起用，就一定当仁不让，奋勇争先，随时奔赴疆场，抗金杀敌。当然，在这里词人还用廉颇来说明自己虽然已近垂暮之年，但仍然老当益壮，勇武不减当年，希望在北伐抗战中得到重用。词人在此也表达出一定的忧虑情绪，唯恐自己会像廉颇一样，晚年之时虽有心报国却无法施展，壮志难以实现。

可见，此时词人辛弃疾的内心是十分复杂的，在北伐抗金的大好机遇面前，词人有抗金报国的雄心壮志，有追赶先人脚步大展拳脚的豪情，但同时也有一种隐约的忧虑，唯恐自己抗金复国的愿望再次落空。但不管怎样，这一切都使得这首词作散发出爱国的主义的思想光辉，让人读来，不禁报国激情顿时变得高亢。

扬　子　江

文天祥生活在一个汉民族危机深重的时代。13 世纪初，蒙古诸部落在塞外逐渐强大起来，部落首领铁木真更是在公元 1206 年建立了大蒙古国。而且，大蒙古国建立之后，他们不断地向外扩张。在短短几十年的时间，蒙古铁骑攻城略地，席卷欧亚，基本横扫欧亚大陆。

同时，在这个过程中，西辽、西夏、高丽、金国等国也相继被大蒙古国征服或消灭。后来，托雷长子蒙哥继位为汗。蒙哥继位后，随即挥鞭南进，直指南宋。就这样，元宪宗八年（公元 1258 年），蒙哥与其弟忽必烈、大将军兀良合台分三路大举进攻南宋，后来由于蒙古国为争汗位发动内战，对宋战争暂时搁置。直至公元 1275 年，宋蒙战争全面爆发。

从绍定七年（公元 1234 年）宋蒙联军攻灭金朝后，蒙古军乘机南下攻宋，到 1279 年崖山之战宋室覆亡，蒙古国和宋朝之间的战争延续了近半个世纪，而文天祥（公元 1236~1283 年）的一生也与这场壮烈的民族存亡抗击战争相始终。他始终坚持抗击蒙古国的入侵，甚至在国土沦陷生死存亡的危急时刻，变卖家产，组织义军，抗击蒙古铁骑。

公元 1275 年，文天祥任赣州知州，听闻元兵南下，于是组织义兵起兵抗元，入卫临安。次年，文天祥出任右丞相兼枢密使，到元营议和，可是最后被元兵扣留，拘押至镇江。后来，历经艰辛，文天祥才得以脱逃。景炎元年（公元 1276 年），他从南通往福州拥立端宗以力图恢复中原的途中，作《扬子江》一诗，以述心志。

下面，我们就来一起看一下文天祥这首饱含着忠君爱国之念的赤子之作。

几日随风北海游，回从扬子大江头。

臣心一片磁针石，不指南方不肯休。

全诗大意如下：“被元兵扣留数日，如今终于脱险回到南方。臣的心就像是一块磁铁，不指向南方就誓不罢休。”

从这首诗作中，我们不难发现诗人文天祥对祖国的坚贞和热爱，以及对抗击元兵坚定执着的信念。这份忠贞熔铸在他的血液里，践行在他的行动中，这样的豪情壮志不得不令我们钦佩和敬仰。

首先，诗作的前两句“几日随风北海游，回从扬子大江头”描述了文天祥被元军扣押到后来脱险的情况。在这里，诗人对于被扣表示了极为乐观积极的态度，对于被扣的事情也是轻描淡写，一笔带过，称这只是随风到北海游玩了一番，如今绕道过扬子江头。

然而，事实上文天祥这次脱险并非那么容易，这次被元兵扣押也并非如诗作中描写的那么惬意。《指南录后序》就记载了文天祥此次艰苦的经历，其中言道："不得已，变姓名，诡踪迹，草行露宿，日与北骑相出没于长淮间。穷饿无聊，追购又急，天高地迥，号呼靡及。已而得舟，避渚洲，出北海，然后渡扬子江，入苏州洋，辗转四明、天台以至于永嘉。"

可见，文天祥从被元军扣押到虎口脱险，是惊险万分的，正是因为文天祥不屈的斗志、坚定的信念才使得他克服了艰难险阻，成功逃脱。而在这里，诗人如此轻描淡写，则显示了诗人积极乐观的战斗意志和浓烈的爱国情怀。在文天祥看来，能够从元军中脱险，再苦也是值得的，再艰辛自己也是甘之如饴的，因为自己的身上肩负着恢复国家的责任和使命。所以，文天祥把国家放在了至高无上的位置，把个人的艰苦和得失看得很轻，只要能够成就国家的利益，再多的付出、再大的牺牲，诗人也是欣然接受并一笑而过。

接着，诗人文天祥在成功脱险之后，表达出他恢复中原的坚定决心和甘愿为之付出一切而矢志不渝的战斗精神。"臣心一片磁针石，不指南方不肯休。"这铿锵激越、振奋人心的诗句令每一个爱国志士都热血沸腾，心潮澎湃，而文天祥对祖国的热爱和忠诚就像这指南针一样，从未改变过，从不放弃自己的初衷和使命，并誓死捍卫。

本来，磁石指南是一种地磁场的物理作用，可以说是一种本能，而在这里，文天祥把自己的抗元决心比作永远指南的指南针，显然有力地表现了诗人对于祖国坚定不移的责任感和使命感，表现了文天祥心向南宋，不到南方誓不罢休的坚定信念。所以，在文天祥的这首诗作里，我们能够明显而深刻地感受到诗人对祖国的热爱和忠诚。也正是因为这样，文天祥成为饱含爱国主义思想的标杆式人物，让人们对文天祥产生了无限的敬佩之情。

尤其是这最后两句“臣心一片磁针石，不指南方不肯休”更是成为流传千古的爱国主义诗句，激励了一代又一代的爱国志士和有为青年，让他们拥有一份坚定执着的责任感和使命感。文天祥不愧是宋朝杰出的英雄、伟大的诗人。

南　安　军

景炎二年（公元 1277 年），蒙古铁骑对南宋发起大规模的进攻。文天祥组织的督抚军虽然规模、声势比之前的义军要强得多，但是由于缺少作战经验和严格训练，战斗力不强。因此，督抚军在蒙古铁骑的猛烈冲击下，以惨败收场，文臣武将或死或降，文天祥也被弄得妻离子散。

但是，文天祥并没有因此而气馁，失败也并没有动摇其抗击蒙兵的意志，随后他带兵入粤，在潮州、惠州一代继续抗击蒙军。不过，文天祥的这股兵力有限，不久就在五坡岭被蒙古骑兵打败。

就这样，宋祥兴元年（公元 1278 年），文天祥在广东海丰以北的五坡岭兵败被俘，押到船上。

同年五月，文天祥出大庾岭，经江西南安军（治所在今江西大庾）时触动心弦，于是写了一首《南安军》，表达心志。

下面，我们就来一起看一下诗人文天祥的这首爱国主义诗作。

梅花南北路，风雨湿征衣。
出岭同谁出？归乡如不归！
山河千古在，城郭一时非。
饿死真吾志，梦中行采薇。

全诗大意如下："走在大庾岭南北的路上，一路上风风雨雨，兵丁的衣服都被打湿了。想到走出大庾岭的时候有哪些同伴，可是如今再回来的时候却成为敌军的俘虏。不过，祖国的大好河山千年万世永存，城郭沦于异族，只是暂时落入敌手。现在，我只想着能够绝食，这才是我真正的志愿，即使是在梦中，也要学夷齐，采蕨薇充塞饥肠。"

从这首诗作中，我们能够看到诗人在被元军俘虏后依然保留在心中的那份深厚的爱国情感和他日必定复国的伟大自信。

首先，诗作的前两句“梅花南北路，风雨湿征衣”，点明了此次被俘北上行程中的地点和景色。诗人此时正行至南安军，跨越大庾岭（梅岭）的南北两路。其中，因为大庾岭上多植梅花，因此又被称为梅岭。而此时用梅岭来描述，则是为了和下句的映照。“风雨湿征衣”，在梅花的摇曳中，一路上风风雨雨把押解着自己的兵士们的衣服都打湿了。可见，行程是艰辛的，而诗人的内心是沉重而苦涩的。

紧接着，诗人把这种沉重的情绪转移到自己的孤寂落寞之上。“出岭同谁出？归乡如不归！”此时，诗人不禁想到，当时离开家乡的时候有很多的同伴相随，可是如今想要回到故乡看望一下也已经不可能。诗人本就生自江西，这次路经家乡，却已经失去了自由身不能回乡看望，所以诗人才说虽经故乡而犹如不归。显然，此时诗人看着故乡而不能自主，其中的悲苦心情可想而知。

而且，诗人也由此回忆起当时自己带领着这里附近的子弟兵浩浩荡荡出岭，而如今却只身一人被俘，此时路经家乡，不禁无地自容，顿时使诗人觉得还不如战死沙场，以死报国，又何必归来自取其辱呢？因此，诗人对于此次被俘深感耻辱，觉得无颜面对家乡父老。

当然，此时此刻，对于诗人文天祥来说，故乡也不仅仅是故乡，它早已经成为国家的代名词，和国家连为一体。可是，诗人在国家危难、民族存亡之际，却被敌军俘虏，无法再挽救国家于危难之中、率军抗击元兵，这不禁让诗人愧疚不已。但是，诗人也并非完全被沉痛的情绪所包围。

事实上，诗人文天祥仍有一种积极昂扬的斗志和乐观自信的精神。“山河千古在，城郭一时非。”在这里，上句诗人化用了伟大爱国诗人杜甫的那句“国破山河在”，显然，在诗人的心中，此时虽然南宋岌岌可危，也随时都可能沦陷，被元军占领，但是宋朝的大好河山是不会消亡的，它不会被元朝永远占领。

而“城郭一时非”则化用了丁令威化鹤歌中“城郭如故人民非”的句意。也就是说，即使是宋朝灭亡了，但是宋朝一代又一代的爱国之士、有志青年一定还会继续反抗，继续斗争，从而复国雪耻，光复山河。

显然，在这两句诗作中，我们能够感受到诗人文天祥浓烈的爱国情怀以及他日复国的强烈自信。诗人此时虽然不能力挽狂澜，但是他把抗元复国的希望寄托在了无数的爱国志士的身上，并表达了无比的信心和坚定的信念。

而此时此刻，诗人也似乎已经完成了自己的使命，走到了他人生的尽头。作为一个俘虏，再也无力率兵抗元，诗人的内心简直愁肠百结，悲痛难当。于是，他选择了绝食，选择以死明志。“饿死真吾志，梦中行采薇。”这里，诗人表明了自己的态度，说得斩钉截铁、正气凛然，他想要以死来守护自己的理想。其中，诗人借用了“采薇”的典故。据《史记》记载，商朝灭亡后，宗室伯夷、叔齐二人不食周粟，于是逃进首阳山，采蕨薇充饥，可时间一长终于饿死在山上。

可见，诗人对于国家有坚贞的信念和无可替代的情感。面对国家的倾覆，诗人现在唯一能做的恐怕就是以死殉国。就这样，在路经家乡的时候，他毅然开始绝食，想要埋骨乡里。可是天公不作美，五天的时间过去了，队伍也已经行过故里，他没能达成目标。后来，又过去了三天，被监管的士兵发现，不得已开始进食。

总之，在这首诗作中，我们看到了诗人文天祥誓死不屈的爱国忠贞和强烈的复国愿望。尤其是最后两句，显示出了诗人无可撼动的民族正气，大义凛然的豪情壮志。可以说，文天祥的这首诗作是诗人混合着血和泪写就的作品，它激励了无数的爱国青年和有志之士。

过零丁洋

宋祥兴元年（公元 1278 年），文天祥在广东海丰以北的五坡岭兵败被俘。次年，蒙古大军的元帅张弘范率水陆两军直下广东，想要彻底消灭流亡的南宋政府。而文天祥也被他们用战船押解到珠江口外的零丁洋。其实，张弘范此举是想让文天祥写信招降固守崖山的张世杰、陆秀夫等人。

很显然，文天祥对于劝降一事严词拒绝，但是此时此刻，看着广阔浩瀚的零丁洋，却极大地触动了文天祥的心弦，于是就写了一首《过零丁洋》以表心志。下面，就让我们一起来看一下文天祥的这首诗作《过零丁洋》。

辛苦遭逢起一经，干戈寥落四周星。
山河破碎风飘絮，身世浮沉雨打萍。
惶恐滩头说惶恐，零丁洋里叹零丁。
人生自古谁无死？留取丹心照汗青。

全诗大意如下："回想我早年由科举入仕历经辛苦，如今以薄弱的兵力已经和元军苦战了四年。国家的大好河山在元军的侵略下支离破碎，就像是被狂风吹散的柳絮，而自己的身世遭遇也是动荡不安，时起时落，如同暴雨打击下的浮萍颠簸浮沉。惶恐滩的惨败让我至今依然惶恐，如今身陷浩瀚的零丁洋中，只能悲叹自己的孤苦伶仃。自古以来有谁能永远不死呢，我愿为国捐躯，留一片爱国的赤诚之心光照青史。"

从这首诗作中，我们能够明显地感受到诗人文天祥浓烈且执着的爱国之心、忠君之志。而且，在诗作的字里行间也显示了诗人高尚的民族气节和舍生取义的豪情壮志。

在诗作的前两句“辛苦遭逢起一经，干戈寥落四周星”。诗人以回忆的笔触描写了自己仕途和征战的大致历程。自从宝祐四年（公元 1256 年）高中状元步入仕途以来，文天祥就投身到了抗击元朝入侵的战事中，积极地提出自己的抗元主张，虽然在这个过程中起起伏伏，跌跌撞撞，屡遭朝中投降派的排挤和打压，但是最终也以薄弱的兵力和元兵苦战了有四年的时间。

从这两句诗作中，我们看到了诗人文天祥仕途的坎坷，在抗元复国道路上遇到的种种阻碍和压力，但同时诗人也并没有因此而放弃自己的主张，不理国事。相反，他始终忧心国事，在元兵大举入侵南宋，国家生死存亡的危急关头，他甚至散尽家资，毁家纾难，以组织义军，抗击元兵。然而，此时似乎已经到了最后关头。文天祥率领义军与元军周旋已经长达四年，这时也已经是强弩之末。在这里，我们能够嗅到诗人身上散发的一种沧桑和无奈。

“山河破碎风飘絮，身世浮沉雨打萍。”在元兵的入侵以及对抗元兵的过程中，国家的大好河山被践踏得支离破碎，而这似乎和文天祥动荡不安的一生相契合。文天祥的一生都如雨打浮萍，起起落落。在这里，诗人看着曾经的大好河山如今破败支离，自己的遭遇也是起伏跌宕，少有平顺，因此不禁感慨万千。

事实上，被俘之后，诗人文天祥已经隐约感受到了国家以及自己的命运都已快走到了尽头，实在是难以扭转了。因此，在这两句中，诗人表达出无限的失落和悲怆，对于国家前途和个人命运充满忧虑。而且，从这两句诗作中，我们也能够看出诗人也早已经把个人的命运和国家的前途紧紧地拴在了一起。

同时，在这样的背景下，诗人又回忆起往昔惨烈沉痛的战斗感受。“惶恐滩头说惶恐，零丁洋里叹零丁。”在曾经兵败的惶恐滩头，诗人也曾为自己的命运惶恐忧虑，而如今元兵气势汹汹，携风雷之势，兵锋强劲，在这无助的零丁洋中，诗人也难免要感叹自己势单力薄，无力挽救国家民族于危难。

但是不管怎样，面对元兵的威逼利诱，对于元兵元帅的要求，诗人文天祥还是在最后一刻对元兵给予了义正词严的答复。“人生自古谁无死？留取丹心照汗青。”这两句诗一扫之前的忧虑悲怆情绪，以豪迈雄壮的情绪取而代之，可谓是掷地有声。而且，这两句诗作以磅礴的气势和高亢的语调直抒诗人胸臆，还表现出了诗人视死如归、舍生取义的坚定信念和昂扬斗志。

还需要指出的是，这两句诗在无形中有一股摧枯拉朽的力量，诗人高尚的人格理想和对待生死的态度，影响和感染了无数的富有民族气节的中华儿女，让他们在国家危难之际，宁死不屈，舍生忘死。

总之，这首诗作是一首饱含着诗人文天祥浓烈的爱国情怀的诗作，是诗人用自己的生命和鲜血谱写的人生赞歌。加上全诗格调悲壮，有一股浩然正气，它无愧是一首惊天地、泣鬼神的爱国主义诗篇。

金陵驿二首·其一

祥兴元年（公元 1278 年）十二月二十日，文天祥不幸在五坡岭被一队偷袭的蒙古铁骑俘获。此时，南宋王朝已经行将就木，大厦将倾。次年即祥兴二年（公元 1279 年）二月初六，宋军与蒙古舰队在崖山海面上展开了惊心动魄的海战，最后张世杰统领的宋军大败，统帅陆秀夫背负着新即位的小皇帝投海殉国，许多忠臣紧随其后。至此，南宋彻底灭亡，元朝最终统一了整个中国。

崖山战役后，文天祥被押解北上元大都燕京，约半年后的深秋时节，诗人途经建康（又称金陵，今江苏南京）时，看到南宋王朝曾经的行都，不禁触景生情，一种家国之痛顿时袭上心头。于是，诗人作诗一首，以寄托亡国之恨，表达自己的爱国之心、报国之志。

下面，就让我们一起来看一下诗人文天祥的这首诗作。

草合离宫转夕晖，孤云漂泊复何依！
山河风景元无异，城郭人民半已非。
满地芦花和我老，旧家燕子傍谁飞？
从今别却江南路，化作啼鹃带血归。

全诗大意如下：“夕阳下那被野草覆盖的行宫，自己的归宿在哪里啊？祖国的大好河山和原来并没有什么不同，但是人民却已经成了蒙古人统治的臣民。满地的芦苇花和我一样老去，如今人民流离失所，国家灭亡没有了归宿。现在我要离开这个熟悉的老地方了，从此以后南归无望，就等着我死后让魂魄归来吧。”

从这首诗作中，我们看到诗人文天祥壮志未酬的情怀，而此时故国江山却已经沦入敌手，此情此景，物换星移，诗人的心中顿时充满了黍离之悲、亡国之痛。可以说，这首诗作深刻而有力地塑造了一个爱国者的形象。

首先，诗作的前两句“草合离宫转夕晖，孤云漂泊复何依”指夕阳西下，惨淡的光辉斜照着长满衰草的皇帝行宫，惨状不忍目睹。但是尽管如此，诗人还是想多看它一眼，毕竟这里曾经是皇帝巡行时的住所，是南宋政权的象征。而看着这眼前的一切，诗人的心中不觉就想到了自己曾经为之奔走的家国，为之付出一切坚守不弃的阵地。可是如今衰草连天，今非昔比，国家沦丧。

“孤云漂泊复何依”，在这样的背景下，没有了国家依傍的文天祥就犹如一片孤云，加上此时被俘押解，漂泊孤苦，不禁让诗人流露出无限的悲恨和惆怅，对个人的命运发出深深的感慨和哀叹。

而且，在这两句诗作中，诗人把国家的沦丧和个人的悲剧命运紧紧地联系在一起。可见，诗人一生为国，一心系国，有一种与国家共荣辱、同命运的爱国情怀，使得忧心家国的爱国形象跃然纸上。也正是因为这样，诗人才会触景生情，陷入沉痛和哀伤之中。

接着诗作的颔联“山河风景元无异，城郭人民半已非”延续着诗人悲痛的情绪。诗人想到了灭亡的南宋朝廷，看着国家的大好山河，不禁仰天长叹“山河依旧，人事已非”。仅仅四年多的时间，如今的建康城已经面目全非，不复当年的模样。可见，这场战争的惨烈和给国家、给人民造成的巨大伤害以及深重灾难。

这在诗人的心中，无疑是一个巨大的落差，也让诗人陷入深深的悲痛。因为，诗人有一份心系家国的赤子胸怀，巨大的落差在诗人的心中掀起了波涛汹涌的巨浪。这其中的悲愤、失落、悔恨溢于言表。

“满地芦花和我老”，遍地的芦花此时白花如发和我一样苍老，都充满了凄凉、哀伤的情绪。在这里，诗人赋予了芦花以人的情感，是因为芦花生于斯、长于斯，就如同生活在这个国家的人民一样，而国破家亡，百姓流离失所，这白花花的芦花也正是饱含着和诗人一样的国仇家恨，相伴成老。

“旧家燕子傍谁飞?”诗人以忧国忧民的情绪发出长叹和诘问，昔时“王谢堂前燕”在世族沦落的时候，尚且可以“飞入寻常百姓家”，但是此时，国家沦丧，被异族统治，百姓流离失所，居无定处，使得燕子都没有了安身的地方。可见，这场战争给国家、给百姓都造成了毁灭性的打击和伤害，所谓“覆巢之下，岂有完卵”“皮之不存，毛将焉附”，国家遭此厄运，百姓也成了最大的受害者。

显然，此时诗人的忧国忧民的爱国情怀得到了进一步的升华，诗人由国破想到民乱，对于整个国家的前途和命运充满了深深的忧虑和担心。可是，诗人的心中仍然有一股正气，有一份希冀，有一种渴求，那就是“从今别却江南路，化作啼鹃带血归”。

这两句诗深重地表达了诗人的爱国之心和报国之志。如今国家沦丧，诗人自己被押解北上燕京，在建康的停留也只是一时暂歇，不久就要离开。而且，此次北上燕京，南归无望，此时一别即是永别。显然，诗人对于家国有深深的眷恋和不舍，但是国已不国，自己的去留也已经不能由自己掌握。不过，诗人却能够做到以死殉国，让自己的魂魄重回故国，永远守护着这片土地。

显然，诗人对于家国的一片赤诚天地可鉴，是任何力量都无法阻隔的。同时，在这里，诗人还借用了“杜鹃啼血”的典故。据说，古代蜀国有一位皇帝叫杜宇，与他的皇后恩爱非常。后来他遭奸人所害，凄惨死去，他的灵魂便化作了一只杜鹃鸟，每日在皇后的花园中啼鸣哀号，而这只杜鹃鸟落下的泪珠却是一滴滴红色的鲜血。皇后听到杜鹃鸟的哀鸣，看到杜鹃鸟滴下的血泪，明白是丈夫的灵魂所化。悲伤之下，这位皇后日夜哀号着“子归，子归”，终于郁郁而逝。而她的灵魂则化为了火红的杜鹃花开满山野，与杜鹃鸟长相厮守。这便是鸟与花终生不弃的爱恋。

这里，诗人以啼血不止的杜鹃鸟为背景，以鸟花之间终生不弃的爱恋来借指自己对国家忠诚和坚贞的情感，旗帜鲜明地体现了诗人视死如归、以身殉国的坚定决心。也正是因为这样，诗人北上燕京后，在三年多的时间里，受尽折磨、诱惑和威胁，至死不屈，最后英勇就义，用自己的鲜血践行了自己的誓言，在中华民族爱国主义精神宝库中谱写了一曲永不落幕的正气之歌。

诚然，诗人最后并没能够拯救南宋王朝，但是其浩然正气，强烈的爱国之心、报国之志可谓是光耀千古，至今仍为后人传颂。而诗人这首诗作更是把诗人的爱国之心、报国之志体现得淋漓尽致。

酹江月·和友驿中言别

祥兴元年（公元1278年），文天祥兵败之后率兵继续与元军作战。但是，此时南宋王朝大势已去，天不佑人，文天祥不幸在五坡岭被一队偷袭的蒙古铁骑俘获。后来，在崖山战役中，文天祥的好友邓剡也被元兵俘获。

实际上，邓剡也是一名意志坚定的爱国志士，在崖山战役兵败后他曾数次悲愤投海，但都被元兵捞起，而且在元兵极力劝降时他更是严词拒绝，不为所动。于是，被俘后邓剡和文天祥一同被押解北上燕京。后来，在途经建康的时候，邓剡因病重被留下就地就医诊治，文天祥则继续被押解北上。此时，邓剡写了一首《酹江月·驿中言别》赠文天祥以示诀别，而文天祥就回词一首，以表心志。

下面，我们就来一起看一下文天祥的这首词作。

乾坤能大，算蛟龙元不是池中物。风雨牢愁无著处，那更寒蛩四壁。横槊题诗，登楼作赋，万事空中雪。江流如此，方来还有英杰。

堪笑一叶漂零，重来淮水，正凉风新发。镜里朱颜都变尽，只有丹心难灭。去去龙沙，江山回首，一线青如发。故人应念，杜鹃枝上残月。

全词大意如下：“大地如此广阔，你我都是胸怀大志的英雄豪杰，现在的处境虽然如同蛟龙被囚禁在池中，但是我相信蛟龙终当脱离小池，飞腾于广阔的天地。此时秋风秋雨，再加上牢房的蟋蟀叫个不停，我心烦意乱，愁肠百结。你我拥有像曹操那样横槊赋诗的英雄气概，有王粲那样登楼作赋的名士风流，但如今都成了空中雪花一般的往事。不过，眼看滚滚长江后浪推前浪的壮阔气势，可见将来肯定还有英雄豪杰来完成我们未竟的事业。

“现在，我犹如落叶飘零，又来到秦淮河畔，而此时正是凉风吹起的时刻。此时，镜中的我虽然已经朱颜不再，两鬓斑白，但是我对于国家的一片赤诚却从未改变。如今，我就要离开故都，被押解放逐到沙漠之地。途中回望故国的江山一片青色，渐行渐远。如果老朋友想念我的话，就听听树枝上杜鹃鸟的悲啼吧！”

从这首词作中，我们看到了词人憋闷的囚徒生活，也看到了词人虽身陷囹圄，但是却仍然宁死不屈，心中充满豪情和对未来充满希望的凌云壮志。确实，词人文天祥是一个雄赳赳气昂昂的大丈夫，不管是在对敌作战中，还是被俘囚禁中，在他的身上，我们能够感受到一身铮铮铁骨，一份爱国之情。可以说，在词人文天祥的词作里闪耀着宋词最耀眼的光辉。其中的爱国赤诚，令人肃然起敬。

首先，在词作的上阕就显示出了词人雄壮慷慨的基调和大无畏的英雄气概。“乾坤能大，算蛟龙元不是池中物。”在这里，词人文天祥以不凡的气势，写出了天地乾坤的辽阔，写出了英雄豪杰实乃蛟龙而并非是池中之物。

事实上，词人在这两句中化用了《三国志》中“蛟龙得云雨，终非池中物”的典故，其中，蛟龙是传说中的一种神龙，蛟龙得到云和雨，就会飞腾上天，终究不会待在池中。这个典故常用来比喻有才华的人一旦遇到机会，就会充分施展才华。在这两句中，词人文天祥表达了一种不屈不挠的战斗意志，表明如今自己只是龙陷浅滩，一旦时机成熟，就会像蛟龙出池，重回自由。

显然，词人如今虽然身陷囹圄，被元兵重兵押解，但是仍然壮心不已，抱有积极乐观的战斗态度和反抗精神，他始终相信光复大业迟早会来临。当然，词人此语也是与友人邓剡共勉，希望邓剡能够早脱牢笼，再为复国雪耻干一番大事业。

接着，词人文天祥描写了自己在狱中的囚禁生活，“风雨牢愁无著处，那更寒蛩四壁”。这时，正值深秋时节，秋风秋雨愁煞人，秋季肃杀的气氛，绵绵的秋雨，加上牢房里叫个不停的蟋蟀，词人的内心忧愁烦闷，难以平静。此时，对文天祥来说，被囚禁的生活是枯寂凄苦的。如今国家沦亡，江山易手，自己被囚禁押解，不免令词人忧心忡忡，有志难伸，愁肠百结。

还能有什么比让一个深深爱着祖国的人看着国家沦丧而无能为力更为痛苦的呢？词人文天祥一心报国，始终希望击退元兵，光复中原，可是如今深陷牢笼，眼看着国家危难而无法收拾河山，重振乾坤。这无疑是一种巨大的折磨。可是，词人文天祥对于复国雪耻始终有一份坚定的信念，他即使悲伤也从未丧失过希望。

“横槊题诗，登楼作赋，万事空中雪。江流如此，方来还有英杰。”这里词人文天祥把忧愁的情绪再次转为激昂的情调，他有如曹操般鞍马间为文的豪情，有王粲登楼般的家国丧乱之痛。但是事已至此，无论如何，词人文天祥看着长江后浪推前浪的波澜壮阔，于是把希望寄托在了后来的英杰身上。所谓“江山代有才人出”，他相信，在不久的将来，肯定会有英雄崛起，继承前人的遗志，完成复国雪耻的大业。

可见，词人文天祥对于国家仍旧抱有强烈的忠诚和复国必成的坚定意志。而且，这也是词人对国家、民族前途的一种希冀和自信。显然，这样的爱国志士就是国家、民族的脊梁，只不过生不逢时，天不假年。

然后，在词作的下阕，词人文天祥在词中与好友邓剡道别。“堪笑一叶漂零，重来淮水，正凉风新发。”词人又一次回首往昔，感叹命运，此时在此凄凉时节重来淮水，满是凄凉之感。如今自己被俘押解，身不由己，无限的悲凉凄苦溢于纸上。

同时，岁月不饶人，“镜里朱颜都变尽，只有丹心难灭”。词人把镜自照，已经青春不再，朱颜已改，可是自始至终唯一没有改变的就是自己的一片丹心，是自己对国家和民族的一份使命和责任。随着时间的流逝，词人文天祥对于理想矢志不渝，他斩钉截铁地回答了好友邓剡在赠词中让自己坚持操守的勉励。

如今，与故友分别，自己独自一人“去去龙沙，江山回首，一线青如发”。此时回首中原，一腔忧愤，有诸多的眷恋和不舍。也正是因为这份对国家的忠诚和眷恋，使词人此去也已经坚定了决心，那就是要在必要的时候以死殉国，为国尽忠。

“故人应念，杜鹃枝上残月。”词人提醒故友邓剡如果想念自己，就看一看树枝上的杜鹃鸟，因为那是自己的灵魂所化。显然，这里词人文天祥甘愿以死殉志，死后化作杜鹃鸟归来，重新守护祖国，为国发声，期待着觅得英雄豪杰，实现复国雪耻的伟大事业。

无疑，这两句熔铸了词人文天祥坚贞不移的赤子之心和无比高尚的民族气节、爱国情怀。可以说，在这里，词人文天祥是在用自己的鲜血和生命守卫整个国家，用生命最后的余热来唤醒无数的爱国志士，实现复国雪耻的理想。

读到这里，词人文天祥的忠义之气、爱国之情，不得不令我们肃然起敬。也正是因为这样，他成为词坛上一颗永远闪亮的星辰，给人们留下了无比壮烈和崇高的印象，使得一代又一代的爱国志士心中充满力量。

第四章　明清时期的爱国主义诗词

明清时期是中国封建社会最辉煌的时期，也是国家民族危机最为深重的朝代。这一时期，成就和遭受的磨难及屈辱一样令人们印象深刻，无数的爱国志士在这样的时代背景下，心系祖国，挽救时危，留下了一首首名垂千古的爱国主义诗词，令人热血沸腾、心生敬佩。

石 灰 吟

提到于谦，或许我们对他的认识并不是很多。可事实上，于谦是一位堪与岳飞齐名的大英雄，也是一位廉洁、正直，极富爱国热情的官员。而且，于谦少有才学，胸怀壮志，从小就以兴国、报国为己任。

据《明史》记载，在于谦七岁的时候，就有一位僧人称他“日后能够成为挽救时局的宰相”。当然，这种记载或不足为据。但是，于谦小小年纪确实具有不凡的志向和抱负。于谦在十二岁的时候，就已经小有才名，才华出众，且常常能作惊人之语，有报国之志。比如，他创作的《石灰吟》便是其中一首十分具有代表性的诗作。这首诗短小精悍，立意高远，在当时引起了不少的好评。

而且，我们纵观于谦的一生，这首《石灰吟》也恰似他一生的写照。于谦的一生，可谓是历经千锤万击。一开始参加科举的时候，他就遭到不公平的对待，只因不肯向主考官溜须拍马。进入仕途后，因为他经常为民请命，严惩作奸犯科之人而屡遭排挤打压。但是不管遇到什么不公平的待遇，他都一如既往地持有一颗赤子之心，矢志不渝，为国为民鞠躬尽瘁。

因此，于谦的这首诗是他内心的真实写照，也是他强烈的爱国之心的自白书。下面，我们就来一起看一下诗人于谦的这首诗作。

千锤万凿出深山，烈火焚烧若等闲。
粉身碎骨全不怕，要留清白在人间。

全诗大意如下：“石头只有经过无数次的撞击开凿，才能从大山上开采出来，而且石头也好像把烈火焚烧自己看作是十分平常的一件事儿。即使是粉身碎骨也毫不惧怕、无所顾忌，它甘愿要把一身的清白留在人世间。”

很明显，这是一首托物言志诗。在这首诗作里，诗人于谦在对石灰的歌咏吟叹中，表达了自己甘愿为国尽忠、不怕牺牲的坚定意志以及坚持操守的高尚情操。

首先，在诗作的前两句“千锤万凿出深山，烈火焚烧若等闲”，诗人描写了石灰制作的过程。要制成石灰，就要先开石，然而开采石灰石在当时并不是一件容易的事。那时开采石灰石没有什么特殊的工具，全是靠人工，要进行多次的锤击敲打。而且，开采了石灰石之后，还要用熊熊的大火进行烧炼。

在石灰制作的过程中，我们不难发现，石灰具有坚韧的品质。尤其是“烈火焚烧若等闲”，不仅仅是在写石灰的制作工艺，更重要的是突出石灰的品质，以及像石灰一样面对各种考验从容不迫、视若等闲的爱国志士。他们拥有石灰千锤百炼的坚韧，拥有从容不迫、无所畏惧的英雄品格。

显然，诗人于谦就是这样的人。他一心保家卫国，忧国忘身，舍身抗敌。于谦是永乐十九年（公元 1421 年）进士，宣德初授御史，宣德三年（公元 1428 年）巡按江西，严惩贪污，平反冤狱，有惠政。宣德五年超迁为兵部右侍郎，巡抚山西、河南。于谦在主持兵部工作的时候，蒙古族瓦剌部极力扩展，加上福建、浙江、广东等地各自拥有部众和自封的封号，纷纷起兵作乱。这时，于谦不畏艰难，临危受命，全权征集调遣军队，最后在一系列的征伐中成功平定叛乱。

还有，正统十四年（公元 1449 年）十月，瓦剌军挟持英宗进犯北京，值此国家危难之际，于谦坚决抗击瓦剌部的入侵，亲自率兵固守北京，最终取得了京师保卫战的胜利。同时，在战后，于谦加强边戍，主张以战求和，多次率军击败瓦剌军的进攻，粉碎了瓦剌军的阴谋，并迫使其首领也先释放明英宗回朝。

可见，诗人于谦是一个铁骨铮铮的汉子，他经历了众多的磨难，亲身参加过多次保家卫国的战争，面对过各种各样严峻的考验和挑战，但是自始至终，于谦都保持着高昂的爱国热情和坚定的报国之念，从来没有改变过，从来没有把这些当成是什么艰难的事情。无疑，石灰制作的过程也是诗人于谦一生的写照，是诗人高尚品格的直接体现。无论是什么艰难险阻，诗人于谦都能够从容应对，等闲视之。

接着“粉身碎骨全不怕，要留清白在人间”，诗人利用石灰为自己发声，表达自己坚定不移的爱国之志和报国之心。即使是粉身碎骨也要毫不畏惧、无所顾忌，只愿无愧于心，无愧于家国。而“全不怕”更是突出了诗人不怕牺牲、不畏艰难，甚至是迎难而上的大无畏精神，也正是因为在这种精神的支撑下，诗人一心为国，以天下为己任，无所畏惧，为了社稷苍生不惜“粉身碎骨”。

可见，诗人在爱国报国方面具有无比坚强的意志和决心，具有坚定不屈的高尚品格。也确实如此，诗人于谦性格很刚强，具有一颗保家卫国的赤子之心，他看不惯那些怯懦无能的大臣、勋臣甚至是皇亲国戚，加上诗人主张以战求和，对那些不称职的官员更是直言不讳，故而憎恨他的人很多。可是，对于这些，于谦是不在乎的，他只在乎无愧于心，无愧于天地，只要问心无愧，于谦便会勇往直前，“虽千万人吾往矣”。

另外，“要留清白在人间”，诗人更是直抒胸臆，立志要做一个纯洁、清白的人，一个忠诚无私、保家卫国的志士。事实上，于谦是一位清正廉洁的官员，为人刚正不阿，在外出巡按江西的时候曾经平反冤狱，救灾赈荒，深受百姓的爱戴，他确实是一个纯洁、清白的人，一个坦坦荡荡的人。

但是后来，英宗复辟后却以“谋逆罪”诬陷杀害了这位英雄。但是到抄家的时候却发现于谦的家里仅蔽风雨，极为简陋，家里也没有多余的钱财，在正屋里只有景泰帝赐给他的蟒袍、剑器，没有其他任何贵重的物件。显然，诗人于谦一生都是为了国家，清正廉洁，从未谋取过私利，从不以权谋私。

总之，在诗人于谦的身上，我们能够看到他磊落坦荡的胸怀、崇高俊洁的人格，尤其是那份爱国之情、报国之志，朴素而真挚，坚定而强烈，实为无数爱国志士的楷模。

岳忠武王祠

明正统十四年（公元1449年），明英宗朱祁镇在宦官王振的鼓动下亲征蒙古族瓦剌部，但是由于准备仓促，军心不稳，最后导致大败。在大军撤退的过程中，明军行至土木堡（今河北怀来东南）时被瓦剌军追上，团团被围，结果全军覆没，明英宗也被瓦剌军所俘。这就是震惊明朝上下的土木堡之变。

土木堡之变后，明英宗朱祁镇的弟弟即位，是为明景帝。景帝即位后，瓦剌大军仍然乘胜之下，大举进攻，相继进攻宣府、大同，还勾结关内的蒙古人，进行烧杀抢掠，直逼京师。可以说，此时明王朝危在旦夕。

在这个时候，许多大臣都劝明景帝放弃国都，南下迁都南京，以躲避瓦剌大军的刀锋。可是，于谦并不赞同这一点，因为他清楚地知道如果南迁就很可能重蹈南宋王朝的命运，那么要想复国雪耻就是一件十分艰难的事情了。

因此，在明王朝的这次巨大危机中，于谦极力要求坚守北京，坚决打击瓦剌军的入侵。而这个主张的提出，遭到了不少大臣的反对和异议。为此，诗人于谦作诗一首《岳忠武王祠》，感慨时事，表达自己坚守北京、誓死抗敌的主张。

下面，我们就来一起看一下于谦的这首饱含着爱国热情的诗作。

匹马南来渡浙河，汴城宫阙远嵯峨。

中兴诸将谁降敌，负国奸臣主议和。

黄叶古祠寒雨积，清山荒冢白云多。

如何一别朱仙镇，不见将军奏凯歌？

全诗大意如下：“自从南宋建都杭州以来，舍弃了汴梁城巍峨的宫阙。此时声称要中兴王室，可有几个将领能克敌制胜？反倒是主和负国的奸臣一直掌权。在寒雨中，岳王祠满是黄叶堆积，青山野坟，白云霭霭。为什么朱仙镇大捷之后，岳将军怎么就再也没打胜仗、高奏凯歌了呢？”

从这首诗作中，我们发现诗人虽然是在歌咏岳王祠，但实际上却是表达自己坚守北京的主张，表达誓要与瓦剌军一决高下的报国之志。

事实上，土木堡之变后，明王朝的处境和南宋王朝的处境是极其相似的。宋王朝时，金军大举南下，攻占当时的北宋都城汴京，掳走北宋皇帝钦宗、徽宗二帝和几乎全部的皇族、后妃、官吏以及大量的首都平民。后来，康王赵构率军南迁，建立南宋，偏安一隅。而此时，明王朝也面临着同样艰险的处境，瓦剌大军长驱直下，京师岌岌可危，是南迁还是坚守，是摆在明王朝面前的一大考验。

也正是因为这样，诗人于谦以南宋的南迁以及岳飞的事迹来表达自己的主张，传递自己的坚贞忠诚的爱国之情和报国之志。

首先，在诗作的前两句，“匹马南来渡浙河，汴城宫阙远嵯峨”，诗人一开篇便写出了南宋在金兵大军来袭的危难之际，采取南迁的策略，舍弃北宋汴梁的宫阙于不顾。这里诗人以叙述的视角来描写南宋的惨淡历史，虽然没有明显的褒贬态度，但是从字里行间我们依旧能够体味到诗人对于南宋统治者的鄙夷和不屑。

接着，诗人写道，宋王朝南迁之后，虽然有诸多的爱国志士和有为青年，力主抗金，渴望复国雪耻，可是在南宋统治集团内部，却一直是主和派和投降派占据统治地位，他们偏安一隅，不思进取，无视家国。因此，久而久之，南宋中兴、实现抗金复国的愿望不知不觉成了一句空话。“中兴诸将谁降敌，负国奸臣主议和”把南宋这种屈辱尴尬的状况描写得淋漓尽致。显然，诗人在这里对于南迁表示了深切的忧虑，前车之鉴，于谦担心一旦明王朝在那些主张南迁选择逃避的大臣的鼓动下决定南退，那么想要再驱除敌寇、恢复河山，必定会遇到重重的阻力和困难，难以实现中兴的愿望。可见，诗人于谦以史为鉴，唯恐明王朝重蹈宋王朝的覆辙。

而且可以看见，“黄叶古祠寒雨积，清山荒冢白云多”。此时岳王祠庙已经萧瑟荒落，黄叶堆积，只留下青山野坟在这霭霭白云之间，孤寂萧索。但是，在南宋朝堂中，岳飞是力主抗金的名将，他一心复国雪耻，主张抗金北伐，可怎奈时不我与，岳飞屡遭排挤和打压，即使是有机会抗击金兵，也常常因为朝中主和派和投降派的缘故功败垂成。无疑，诗人在这里由岳王祠的萧索，联想到了自己以及和自己一样有着抗击瓦剌大军的爱国志士。

此次京师危机，如果自己妥协同意南迁，那么以后想要保存力量、反击复国，恐怕也会遭到如同岳飞相似的困难和阻碍，即使是自己有复国之心、爱国之志，也很难力挽狂澜，恢复旧河山。因此，诗人于谦对于坚守北京、誓死抗击瓦剌大军的决心是十分坚定的。

最后，诗人又进一步有力地证实了这一点。“如何一别朱仙镇，不见将军奏凯歌?”在这里，诗人于谦借用了朱仙镇大捷的事情。据载，顺昌战后，岳飞率领岳家军挟乘胜之势继续抗击金兵，岳家军骁勇善战，个个不畏生死，而且他们声名远震，金兵早就闻风丧胆，于是岳家军一可当十，十可当百。因此在两军较量的过程中，虽然金兵数多但却一触即溃，岳家军获得了朱仙镇大捷。

可是在朱仙镇大捷之后，在秦桧的鼓动下，宋高宗一天十二块金牌急招岳飞及岳家军班师回朝。于是，无可奈何，岳飞只得率军班师，眼看着抗金复国大业功败垂成。而这次大捷只成了岳飞第四次北伐的最后一战。岳飞率军回朝后，即被解除兵权，朝廷派人向金朝议和。后来，在宋金议和的过程中，岳飞遭秦桧的诬陷，被捕入狱。就这样，次年，岳飞便以“莫须有”的罪名被朝廷杀害。

可见，诗人于谦此时以问句的形式结束全诗，有力地控诉了南宋统治集团对岳飞的残害，使得抗金大业功败垂成。同时，也借此来表达自己坚守北京的主张，誓要保卫京城，决不妥协逃避。否则，明王朝的前途凶吉难料。也正是因为这样，诗人于谦在南迁的问题上，力排众议，坚决守卫京师，誓与京师共存亡。

显然，诗人于谦的心中有一股浓烈的爱国之情和誓死报效国家、迎难而上的大无畏精神。为了大明王朝，他宁愿粉身碎骨也绝不南迁苟安。为了自己的理想和国家的前途及命运，于谦甘愿担负起守卫京师的责任和使命，抗击瓦剌的入侵。这种豪迈的气概、爱国的壮志，不得不令人心生敬佩。

咏 煤 炭

土木堡之变后，明英宗的弟弟朱祁钰临危受命，被于谦等大臣推举为帝，是为明景帝。之后，兵部侍郎于谦在对敌作战中，痛击瓦剌部，并与瓦剌部议和，最终迎回了英宗。英宗回朝后，明景帝并不愿意退位，于是把英宗安置在南宫，尊为太上皇，并以锦衣卫加以软禁，严密看管。

然而，英宗却不甘于此，朝中一些亲近英宗的势力也蠢蠢欲动。就这样，景泰八年（公元 1457 年）正月，左副都御使徐有贞、武清侯石亨、太监曹吉祥等趁景泰帝病危，发动夺门之变，集中力量把英宗救出南宫，拥着英宗进入紫禁城奉天殿，复位称帝。

明英宗复位后，即以谋逆罪把倾向景泰帝的于谦等人关押并处以极刑。被关押入狱的于谦，在狱中痛定思痛，以煤炭自喻托物明志，表现其为国为民的抱负和伟大理想。下面，我们就来一起看一下诗人于谦的这首诗作。

凿开混沌得乌金，藏蓄阳和意最深。

爝火燃回春浩浩，洪炉照破夜沉沉。

鼎彝元赖生成力，铁石犹存死后心。

但愿苍生俱饱暖，不辞辛苦出山林。

全诗大意如下："凿开混沌的地层获得煤炭，它蕴藏着无穷的热力，埋藏着最深沉的情义。融融燃起的火炬就像是浩浩的春风，使人感到温暖，熊熊洪炉的烈焰照破了深灰色的天，使得深沉的夜空变得明亮。钟鼎彝器的制作全靠煤炭生成的原力。铁石虽然已经死去，但是仍然保留着一份忠心。它只是希望天下人能够吃饱穿暖，因此不辞劳苦走出荒僻的山林。"

这首诗作中，诗人句句都是在歌咏煤炭，但实际上却是在抒写自己为了国家鞠躬尽瘁、死而后已的伟大胸襟和抱负。显然，诗人的心中饱含着对国家的赤诚热爱，他甘愿像煤炭一样，能够为国家奉献自己的力量，成就国家的长治久安。

诗作的前两句"凿开混沌得乌金，藏蓄阳和意最深"点出诗作的诗题，并开诚布公地对煤炭（乌金）进行赞美。人们凿开大地得到煤炭，因为煤炭蕴藏着"深情厚谊"。它蕴藏着热能，能够为人们提供热量。其中，"混沌"指世界还没有开辟之前的状态，这里指大地；"乌金"指煤炭；"阳和"原来指暖和的阳光，这里借指煤炭所蓄藏的热能。

从这两句中不难发现诗人对煤炭青眼有加，颇为赏识。而且"藏蓄阳和意最深"也奠定了此诗的情感基调，点明了诗人的态度和主张。

接着，诗人就具体阐述煤炭的品格和优点。“爝火燃回春浩浩，洪炉照破夜沉沉。”这是诗人从直观的角度来剖析煤炭的优点。首先，煤炭燃烧能够给人们带来温暖，就像是把人们带入暖洋洋的春天一般。其次，煤炭在燃烧的时候，炉火能够冲破沉沉的黑夜，能够给人们自暗夜中带来光明。其中，“爝火”是指小火炬；“浩浩”本意形容水势大，这里引申为广大。可见，煤炭的作用是不容小觑的，它燃烧着自己，温暖着他人。

显然，这是一种甘愿燃烧自己、奉献自己的伟大精神。而这种精神也正好契合了诗人于谦的内在品格，于谦每每在国家危难之际、用人之时，都能够积极主动地站出来，回报国家，挽救万民。在每一次对敌作战的过程中，在每一次任职期间，诗人于谦都不惧危险、不怕困难，情愿燃烧自己、牺牲自己也要为国家的发展照明前路，为百姓的生死肩负起责任。

可见，诗人于谦是一个甘于奉献、不计回报的人，是一个能够为国家、为人民做出牺牲的人。而事实上诗人于谦在官场上的表现也有力地说明了这一点。诗人于谦为官清正，任职兵部右侍郎时，曾轻装骑马走遍所管辖的全部地区，访问父老，考察当时各项应该兴办或革新的事情，并立即上疏提出。

同时，河南靠近黄河的地方常常会因为涨水冲开堤岸。

鉴于此，于谦令人加厚防护堤，按里数设置里长负责督促修缮堤岸，还下令种树、打井。因此，于谦的威望恩德遍布于各地，深得百姓的爱戴。

可见，于谦为官一心为民，致力于解决国计民生，维护明代江山，有一份力量就发一份热，可谓是鞠躬尽瘁，死而后已。不仅如此，煤炭在燃烧的过程中可驱除寒冷，赶走黑暗，也喻示着诗人于谦希望除旧布新、扫除恶势力、治国安民、保家卫国的美好心愿和伟大理想。

“鼎彝元赖生成力，铁石犹存死后心。”这两句诗作把诗人对煤炭品质的歌咏推向了更高的层次。其中，“鼎彝”是指古代帝王宗庙的祭器；“元赖”意为依赖；“生成力”是指煤炭燃烧生成的力量；“铁石”，古人认为煤炭是铁石变的。诗人在这里显示了煤炭高洁的品格，并表达了自己死后也要化为煤炭为国家贡献力量。

可见，诗人在这两句中表明自己要以国家社稷为己任，即使是死了也要为国家做贡献。无疑，在诗人的血脉中流淌着一份坚定的忠诚。而“铁石犹存死后心”则表示了诗人坚贞不变的决心，也正是于谦人格的真实写照。

最后，“但愿苍生俱饱暖，不辞辛苦出山林”。诗人更是寓意鲜明地提出自己的理想和主张，希望国家安定，百姓富足安康。其中“但愿苍生俱饱暖”和伟大诗人杜甫的“大庇天下寒士俱欢颜”有异曲同工的意味，都寄托了诗人为国为民的造福之心。而后一句“不辞辛苦出山林”则再一次表达了诗人于谦的决心和坚定的意志。也就是说，即使是历经千辛万苦，他仍旧忠心不改，依旧会不畏艰难，舍身为国，一心为民。

总之，在于谦的这首诗作中，我们不但对煤炭有了进一步的认识，而且也见证了诗人忧国忧民、以兴国为己任的伟大理想和抱负。毋庸置疑，诗人于谦是一位顶天立地的为国为民的英雄人物。

就 义 诗

说起严嵩，或许人们并不陌生，他是明朝著名的权臣，也是明代六大奸臣之一，他擅专国政长达 20 年之久，“惟一意媚上，窃国罔利”，直至死时，还是举国一片唾骂之声。也正因为如此，严嵩在横行朝野之时，遭到很多正直之士及有为官员的反对和攻伐。只不过当时严嵩权势喧天，有为官员大都被他一一铲除。

而爱国志士杨继盛就是其中十分具有代表性的一位。他从小孤苦，家庭贫困，但为人正直，后来苦学成才。嘉靖二十六年（公元 1547 年），31 岁的杨继盛中丁未科进士，列二甲第十一名，被朝廷任命为南京吏部主事。

可实际上，当时明朝有南北两京。永乐年间迁都北京之后，南京作为陪都，虽然当时南京仍然保留着一套中央机构，但是毕竟皇帝不在南京，因此南京的官职大都是虚职，比较闲散，没有多少实权。显然，杨继盛就任的南京吏部主事也是一个没有多少实权的虚职。可见，最初杨继盛并没有得到重用。

不过，两年后，杨继盛便被调回了北京。从此，杨继盛就展开了他可歌可泣、流传千古、爱国报国的人生画卷。调回北京的杨继盛，一心系国，忧国忧民，始终以国家大事为己任，坚定不移地尽忠报国。

然而，这时杨继盛来到北京之后，也深切地体会到了皇帝昏庸、奸臣弄权。如今严嵩执政，他贪赃枉法，卖官鬻爵，侵吞军饷，恶事做尽。对此大奸大恶之徒，杨继盛深深地认识到“严嵩不除，国无宁日”，于是他下定决心宁愿粉身碎骨也要揭露奸臣严嵩的罪行。

当时，他的儿子曾劝他：“这样做无疑是在以卵击石，还望父亲三思而后行。”听到这样的劝告，杨继盛十分气愤，并大声对儿子说：“为国尽忠，我只知道兴利除弊，铲奸除恶，至于生死福祸，那不是我考虑的！”可见，杨继盛一心为国，忠贞无私，为国除害而义无反顾，舍生忘死。

就这样，嘉靖三十二年（公元 1553 年），杨继盛上疏弹劾严嵩“五奸十大罪”。可当时正值严嵩权倾朝野之时，因此奏疏一上，严嵩非但没有倒台，杨继盛反而遭到诬陷被捕下狱。入狱之后，杨继盛受尽各种酷刑，而他靠着一身正气和铮铮铁骨，以顽强的毅力和严嵩势力对抗。

而且，在牢狱之中，在就义之前，他知道大限将至的时候，还留诗一首，以抒心怀，表达心志。下面，我们就来一起看一下杨继盛的这首诗作。

浩气还太虚，丹心照千古。
生平未报国，留作忠魂补。

全诗大意如下："我本来就是为了浩然正气而生，为国战死，战死之后浩气还要还于太空。虽然我即将死亡，但是我的心却可以永存，可千秋万代照耀后世。其实，我很早就有一颗报国之心，但是有生之年却未能实现报国的理想，实在是人生一大憾事，不过我却可以在死后留下忠魂为国除害杀敌，以作补偿。"

从这首诗作中，我们能够非常深刻且直观地感受到爱国志士杨继盛浓烈的爱国之情和誓死保家卫国、铲奸除恶的坚定决心。这种舍生取义的高尚精神和不屈服于恶势力的气节，着实令人触动。

首先，诗作的前两句"浩气还太虚，丹心照千古"，诗人一开篇就表达了一种视死如归、坦然从容的精神状态。面对严嵩一党的恶意陷害，面对他们的严刑拷打，杨继盛都以铮铮铁骨、浩然正气坦然面对，无所畏惧，毫不屈服。显然，杨继盛的心中有坚定的爱国信念和锄奸除恶的坚定目标。为了国家的安宁，他虽然明知可能是以卵击石、螳臂当车，可是仍旧义无反顾，做出了弹劾严嵩的决定。

而且，在杨继盛看来，他并不奢望自己的弹劾能够成功，只希望能够揭露严嵩的罪行，公之于天下，从而一石激起千层浪，最终除掉严嵩这个大奸大恶之徒。同时，他对此次的弹劾也做好了充分的思想准备，早就把个人的生死抛诸脑后。可见，杨继盛对国家的赤诚之心是毋庸置疑的，他的一片丹心，定能光耀千古，激励后人。

接着，杨继盛发出深切的感慨，其中有对未成就报国之志的遗憾，也有对死后留作忠魂的坚定意志。杨继盛自幼孤苦，出身世代耕读之家，家庭贫困。在这样的艰苦环境下，他刻苦自励，从小便树立了报效国家、建功立业的伟大抱负。可是，时至今日，杨继盛朝不保夕，却仍旧没有实现自己的报国之志、成就自己的报国理想，这让杨继盛十分羞愧。

但是，“生平未报国，留作忠魂补”。爱国志士杨继盛此刻虽然面对生死考验，但是他仍旧对自己弹劾权臣严嵩的事情毫不后悔，只是可惜没有一举铲除严嵩。也正是因为这样，杨继盛怀着一片忠贞报国之心，至死不休，也要留作忠魂，补报国家，一偿夙愿。显然，在杨继盛的身上，我们看到了一个为国家“鞠躬尽瘁，死而后已”的高大形象。

总之，杨继盛的这首诗作饱含了诗人的爱国热情和报国决心，一字一句都如吐肝胆，而其忠心报国、至死不变的爱国之志，更是动人心肠，感人肺腑，使无数的爱国志士为之振奋。

望 阙 台

众所周知，戚继光是明朝杰出的军事家和民族英雄，他坚持抗倭十余年，与倭寇进行大大小小的战斗八十余战，可以说在戚继光的心中他始终以扫清敌夷为目标，以保家卫国为己任。与倭寇抗争的过程，更是显示了戚继光坚贞不屈的爱国热情和守卫国家、保境安民的赤子之心。

事实上，戚继光出生于明朝中叶的嘉靖年间，而当时东南沿海的倭寇已经十分猖獗，倭患不断。因为当时日本正处在南北朝时期，而南朝和北朝经常发动战争，互相倾轧，后来北朝统一日本，而失败的南朝武士则流落海上，时不时地骚扰中国沿海，且日趋严重。

在这样的时代背景下，戚继光逐渐崭露头角，肩负起了抗击倭寇的重任。戚继光出生将门世家，父亲戚景通武艺精熟，为人正直，忠于朝廷，从小就对戚继光进行严格的教育。就这样，渐渐地，戚继光不仅获得了行军打仗的真才实学，还养成了良好的品质，树立了远大的志向，决心要扫清倭患，建功立业。

后来，嘉靖三十二年（公元1553年），戚继光被提升为都指挥佥事，管理山东登州、文登、即墨三营二十四个卫所，防御山东沿海的倭寇。到任之后，戚继光整顿卫所，训练士卒，严肃纪律，使山东沿海的防务有了大大的改观。

嘉靖三十四年，戚继光被调任浙江都指挥使司佥书，次年升任都司参将，镇守宁波、绍兴、台州三府。此后，戚继光多次与倭寇作战，先后取得龙山、缙云、桐岭、桃渚之战的胜利。再后来，嘉靖四十一年，戚继光受命入福建剿倭，任福建总督，在这里，他先后荡平了横屿、牛田、林墩三大倭巢。

可见，戚继光一生辗转多处，一直坚持抗倭斗争，从来未曾懈怠，也正是因为这样，才一次又一次地给倭寇致命打击。

但是，在抗击倭寇的过程中，戚继光也有不小的忧虑和担忧。实际上，朝廷对抗倭大业是缺乏有力的支持的。尤其是戚继光任福建总督时，和他一起抗倭的汪道昆就因为朝中反对派的弹劾而遭到罢免。显然，这个事情给同是抗倭将领的戚继光很大的刺痛，他还特此作诗一首，寄予胸怀。

下面，我们就来一起看一下抗倭英雄戚继光的这首诗作。

十年驱驰海色寒，孤臣于此望宸銮。

繁霜尽是心头血，洒向千峰秋叶丹。

全诗大意如下：“在大海的寒波中，我同倭寇周旋已经长达十年之久。此刻，我站在这里，遥望着京城宫阙。而我的心头血犹如洒在千山万岭上的浓霜，把满山的秋叶都染红了。”

在这首诗作中，我们能够体会到抗倭英雄戚继光的一颗热血丹心，以及希望抗倭斗争能够得到朝廷支持的热切之心。

首先，在诗作的前两句“十年驱驰海色寒，孤臣于此望宸銮”，诗人概括性地描述了自己在苍茫海域内东征西讨的多年战斗生活。在这个过程中，戚继光的抗倭活动是异常艰苦的。他来回奔波，辗转多地，与倭寇在苦寒的边境之地殊死斗争。但是，这些对于戚继光来说并不是他担心忧虑的事情，他对祖国的一片赤诚足够让他克服所有的艰难险阻，舍生忘死。

戚继光担心的是自己的抗倭大计得不到朝廷一如既往的支持。尤其是不久前曾和自己一起抗倭的汪道昆被弹劾罢官，此时戚继光可以说是如履薄冰。但抗倭大业又离不开朝廷的支持，他对朝廷又充满热切的希望，希望得到朝廷的大力支持。

所以，此时诗人戚继光以自己征战十年的抗倭功绩来表达自己对国家的一片赤诚，并以此来赢得朝廷的支持。可以说，此时的戚继光心中矛盾纠结，既担心忧虑，又充满希望。也正是在这样的背景下，诗人戚继光独身一人登临望阙台，伫望京师。

登上望阙台之后，诗人戚继光的内心更是波澜起伏，难以平定。“繁霜尽是心头血，洒向千峰秋叶丹。”尤其是登台远望，看见千峰万壑，浓霜覆盖，秋叶流丹，万叶尽染，不禁让他想到自己和将士们长达十年之久的抗倭生活。在如此艰苦的环境下，繁霜覆盖，秋叶萧瑟，自己率领将士与倭寇殊死较量，不懈斗争，这份坚韧和执着、付出和奉献，正是出于诗人忠君爱国的赤诚。其中“繁霜”、“秋叶”则有力地表达了抗倭英雄戚继光忠贞不渝的报国之心。

同时，在“霜重鼓寒声不起”的苍茫边境，戚继光率领将士们东征西讨，不辞辛苦，可是在王朝上支持者却很少，甚至有的还恶意诽谤和责难。不过对于这些恶言俗语，戚继光虽然在诗作的前两句中表示了一定的担心和忧虑，但是此时此刻，戚继光登上望阙台看到眼前的这一切，不禁坚定了自己抗倭的信心，把个人的名利得失都抛诸脑后。

想起这长达十年的抗倭斗争，看到眼前的繁霜秋叶，戚继光对国家、对民族的强烈使命感和责任感瞬间凸显出来，成了充塞诗人心中的主基调。而事实上，在这长达十年的时间里，戚继光也一直在践行着这个光荣的使命和责任，把保卫祖国的一腔热血洒在了这方土地上，就像这洒向千峰的浓霜一样，把山峰上的秋叶都染红了。

可见，在这里诗人戚继光心中的爱国赤诚和报国之志得到了很好的体现。从这首诗作中，我们看到了戚继光抗倭的决心以及对国家、对民族坚定不移的信念。即使是在抗倭的过程中遭到不公平的待遇，甚至落得如汪道昆般被弹劾罢官，自己的爱国之情和报国之志也会矢志不移。所以，诗人戚继光有着崇高的思想境界，高尚的爱国情怀，无私的大爱精神。也正是因为这样，戚继光成为传唱千古的英雄人物，他的诗作中流淌的爱国主义精神也激励了一代又一代的爱国青年和有志之士。

即事·复楚情何极

“包身胆，过眼眉，谈精义，五岁儿。”这是著有《小窗幽记》的明代著名文学家陈继儒对一个孩童的赞美之词。我们不难想见，这位孩童能够得到这样一位大家的称赞，必然是非同凡响、出类拔萃的。

事实也确实如此。这位孩童，天资聪颖，五岁的时候就熟读经史，七岁即能诗文，九岁就写下了《代乳集》。没错，他就是少年才子夏完淳。当然，夏完淳的才能绝不仅仅如此。

夏完淳由于长年跟随父亲出游远方，阅历山川，接触天下豪杰，矢志忠义，崇尚名节。而且他在少年时即胸怀大志。到十一二岁的时候，他就已经“博极群书，为文千言立就，如风发泉涌；谈军国事，凿凿其中”。

更为重要的是，在夏完淳成长的过程中，父亲夏允彝从他懂事起就注重对其进行爱国主义的教育。那些为了国家民族不惜抛头颅洒热血的英雄的名字和他们豪情满怀的诗词作品都深深地铭刻在夏完淳幼小的心中。

后来，顺治二年（公元 1645 年），清军移师经略江南。此时夏完淳年仅 15 岁，他跟随父亲和师傅一起起义抗清。但不料起义军在经过惨烈的斗争后以失败而告终，夏完淳的父亲夏允彝也因松江陷而赴水自沉死。

而且当时，南明都城南京已为清兵所破，鲁王逃亡下海，此时此刻，诗人夏完淳怀着极其悲愤的心情写下了这首诗，表达了其誓要抗击清兵、以报国恨家仇的坚定决心和伟大理想。

下面，我们就来一起看一下诗人的这首诗作。

复楚情何极，亡秦气未平。
雄风清角劲，落日大旗明。
缟素酬家国，戈船决死生。
胡笳千古恨，一片月临城。

全诗大意如下："我复国的愿望是多么急切啊，消灭敌人的怒火在心中来回翻滚。此时，大风送来清脆而雄劲的号角声，夕阳的余晖照在大旗上，顿时红艳鲜明。而我全身缟素，誓要报国仇家恨，亲率坚固的兵船与敌人一决生死。每每听到胡笳声，就激起我满腔无限的悲愤，但抬头看见明月已经爬上城头，又顿时心生一片光明。"

从这首诗作中，我们能够明显地感受到诗人夏完淳此时悲痛难当的心情以及誓要消灭清兵、恢复明朝的强烈而真挚的爱国情感和报国的坚定决心。

首先，在诗作的前两句"复楚情何极，亡秦气未平"，诗人以急切、激愤的情绪奠定了全诗的情感基调。而且，在字里行间透露出了诗人夏完淳抗击清兵、恢复大明的坚定决心和强烈的悲愤之情。

实际上，这里诗人化用了"楚虽三户，亡秦必楚"的典故。据载，秦灭六国，楚国最为惨烈，对此楚南公曾说，即使是楚国只剩下三户人家，也会报仇雪恨消灭秦国的。后来，这个典故就表达出一种坚定执着的信念。而在这两句诗作中，诗人夏完淳便是用"楚国"代指大明，用"秦朝"代指清朝。

可见，诗人此时的悲愤之情是极为浓重的，加上此刻，诗人在抗击清兵的过程中受阻兵败，心情沉重，郁气难平。因此，诗人对于抗击清兵、推翻清朝的急切心理是可想而知的。

接着，诗人由情入景，对眼前的景物产生感慨。“雄风清角劲，落日大旗明。”在雄劲的大风中，传来军中清脆的号角声，落日的余晖使得战旗红艳鲜明。听到这样的声音，看到这样的景象，诗人的心中更加悲怆了。其中，催人奋进的号角声代表着诗人抗击清兵的雄心壮志，它不断地激励着诗人坚持抗清、誓死不屈。而被落日的余晖照得鲜艳明亮的战旗，则透露出一种无言的悲壮感，一种大战之后的凄惨景象。在这次抗击清兵的战斗中，诗人所属的部队大败而归，伤亡惨重，在落日的余晖下是一具具血淋淋的躯体，诗人看着随风飘动的战旗，心中有一种说不出的滋味，其中悲痛、惋惜、愤恨、坚持都一股脑地化为了这飘动着的鲜艳战旗。

此时，诗人的心终究是难以自制的。他虽然清楚自己的责任和使命，清楚自己要肩负起整顿河山、恢复大明的光荣使命，可是在这场惨烈的战斗中，诗人的父亲以身殉国，鲁王也逃亡下海，这一切都让诗人陷入极度的悲愤之中，难以自制。而此刻，诗人也全身缟素，以告慰逝去的英烈和以身殉国的父亲。可以说，在诗人的内心有满腹的郁郁不平之气和铭心刻骨的家国之恨。

但是很快，诗人就知耻而后勇，化悲痛为力量，决心誓死保家卫国，抗击清兵，率领兵船在这烟波浩渺的太湖里与清兵作殊死一战。“缟素酬家国，戈船决死生。”诗人在这里以激愤高亢的语调抒发了自己的抗清斗志和不畏生死的坚定信念，表达了诗人誓死消灭清兵雪耻复国的不二选择。也正是因为这样，起义失败之后，夏完淳与太湖义军联系，继续从事抗清复明的活动。

可见，此时此刻诗人的心中热血翻滚，壮怀激烈，对于抗击清兵以报家仇国恨抱定了信念。而且，在这几句诗作中，我们也直接而深刻地感受到了诗人的抗敌复国之志，其雄豪悲壮的气势更是令人动容。

最后，诗人把高亢的情绪收归内心，看到眼前的一切又把思绪转移到了外在景物之上。“胡笳千古恨，一片月临城。”这里一阵阵的胡笳声、满城凄凉的月色对于诗人来说，都有着无尽的复国之志和家国之恨。可以说，诗人在最后又回归到这样的一种情绪中，显示了萦绕在诗人心中挥之不去的国仇家恨，此时诗人心心念念全是抗清复明，报仇雪耻。所以，诗人无论是对家国的忠诚和坚贞，还是在恶劣环境下对理想的坚定和执着，都是十分令人敬佩的。

别　云　间

顺治二年（公元 1645 年），清兵下江南，这时夏完淳年仅 15 岁。但是 15 岁的夏完淳并没有退缩逃避，没有委曲求全，在父亲的影响和带领下，他毅然决然地投入抗击清兵的斗争中，出入于太湖及其周围地区，为抗清大业奔走不息。

可是，天公不作美，在复杂的斗争形势下，不久夏完淳于顺治四年（公元 1647 年）在家乡上海松江被清兵逮捕。逮捕之后，清兵决定把夏完淳等人押解到南京受审。此时，夏完淳十分清楚自己的处境，但是他此去南京也抱定了誓死不屈的决心。

就这样，在押解往南京之前，诗人夏完淳作诗以明志，表达了自己誓死效忠国家、志在抗清复明的民族情怀。

下面，我们就来一起看一下诗人夏完淳的这首绝命诗《别云间》。

三年羁旅客，今日又南冠。
无限河山泪，谁言天地宽？
已知泉路近，欲别故乡难。
毅魄归来日，灵旗空际看。

全诗大意如下：“三年的时间，为抗击清兵而东西奔走，可是今日却兵败被俘囚禁在牢房。大好的河山使人留下无限的伤痛之泪，谁说天地是宽阔无边的呢？我已经知道自己为国牺牲的日子临近了，但是想要与故乡诀别却又难舍。等到我英魂归来的那一天，再拭目以待抗清的义旗在空中飘扬。”

在这首诗作中，诗人抗击清兵失败的悲愤之情以及矢志不渝、至死不变的抗清斗志和坚定决心溢于言表，跃然纸上。诗人虽年少，但是在诗人的心中却有一种对国家的深深眷恋，一种誓死不屈的坚定决心。这种慷慨悲壮的英雄气概不得不令人肃然起敬。

首先，在诗作的前两句“三年羁旅客，今日又南冠”中，诗人以叙述的笔调概括描写了自己三年辗转飘零、艰苦抗清的斗争生活。自从顺治二年（公元 1645 年）起，诗人夏完淳跟随父亲及师傅在松江起兵抗清，之后就一直辗转抵抗，如今三年的羁旅生涯，却最终还是成了清兵的俘虏。这一叙述的语调看似平铺直叙地娓娓道来，但实际上这字里行间却饱含着诗人满腔的愤懑和不甘。三年的抗争就这样付诸东流，诗人的内心是无比沉痛的。

其中，在这两句诗作中，“羁旅”是指客居他乡，生活漂泊不定；“南冠”是俘虏的代称。此语出自于《左转》。据载，楚人钟仪被俘虏，晋侯见他时他带着楚国的帽子，而楚国在南方，所以后世以“南冠”代指被俘。

接着，诗人夏完淳在颔联把这种沉痛的情绪较为直接地表达了出来。“无限河山泪，谁言天地宽?”诗人在这里终于按捺不住自己的情绪，把对清兵的愤懑，自己遭到囚禁的不甘、不服和悲愤极大地释放了出来。诗人看着昔日的大明江山如今支离破碎，被异族统治，国已不国，满目疮痍，诗人的心中不禁怆然涕下，有不尽的悲痛。尤其是在自己参加抗清以来，一直希望能够重整河山，恢复故土，可是在三年的时间里，自己的希望一次次落空，如今还身陷囹圄，朝不保夕。想到这里，诗人夏完淳的心中就充满了无限的哀痛和纠结。也正是因为这样，诗人感天怨地，发出了“谁言天地宽”的质问。而这一声质问，同时也包含着诗人巨大的失落感和无奈情绪。

可见，诗人夏完淳自参加抗清斗争以来，就始终抱有消灭敌人、恢复明朝的坚毅决心。无疑，在他小小的身躯里蕴藏着极大的爱国热情和复国壮志。

另外，诗人虽然此时身陷囹圄，被无限的悲痛和失落充溢心胸，但是他也十分清楚自己目前的处境，知道自己已经命不久矣。“已知泉路近，欲别故乡难。”在诗人夏完淳即将走到生命的终点时，诗人的心中顿时对故乡生出无限的眷恋之情。事实上，人在垂死之际常常会对故乡有一种恋恋不舍的思念和追忆，诗人夏完淳也不例外。尤其是在诗人夏完淳的身上，他背负着国仇家恨，肩负着重整河山、光复门庭的重任。而现在一个也没有实现，夏完淳的父亲在抗清斗争中为国捐躯，自己身为家中唯一的男子也即将身首异处，对于夏完淳来说，自己对于家人充满愧疚，对于故乡、家国有深深的依恋。

而诗人夏完淳的这种情绪也并没有沿着悲伤哀痛的方向持续发展下去。相反，诗人在最后化悲痛为力量，把这种哀痛转化为了更加坚定的抗清决心，更加不屈的战斗意志。

“毅魄归来日，灵旗空际看”就是诗人最后发出的战斗豪言。其中，“毅魄”是指英魂；“灵旗”是指古代出兵征伐时所用的一种旗帜，这里指抗清之旗，表明死后仍要抗清。

在这里，诗人以掷地有声的铮铮誓言作结，显示了诗人此时已经抱定了誓死不屈、坚决抗清的决心。而且，诗人下定决心，即使生前没有完成抗清复明的大业，死后也要继续战斗，看着前赴后继的后来者抗击清兵，恢复大明。显然，在诗人的心中有一种坚贞不屈的战斗精神，有一种尽忠报国的赤子之心。

当然，也正是这种精神和这份心怀，才使得年纪轻轻的夏完淳有着坚定不移的抗清斗志，有着威武不能屈、富贵不能淫的坚贞品质和高尚情操。而且，诗人至死都把国家和民族的利益放在至高无上的地位，这颗少年英雄心，不得不令后来人肃然起敬。

赵戍登程口占示家人·其二

“海纳百川有容乃大，壁立千仞无欲则刚”是林则徐贴在自己府衙门前的一副对联，也是林则徐磊落坦荡人生的写照。他刚正不阿，一心为国，不计个人私利，是一位有着赤诚爱国心的有为官吏。

而且，他查禁鸦片，虎门销烟，有力抗击英国侵略者，这一系列的壮举更为中华儿女所熟知，他是一位抵抗侵略的民族英雄。但是，尽管如此，林则徐的仕途却并不平顺，在那个腐朽衰败的时代，他命运多舛，仕途坎坷。

在鸦片战争中，当英军进犯天津海口时，朝中投降派官僚乘机诬陷林则徐，于是清宣宗道光二十年（公元1840年），道光帝以“误国病民，办理不善”的罪名，将林则徐革职查办。但林则徐仍留粤奔走察看要隘，筹募壮勇守卫广州，反对畏敌求和。道光二十一年三月受命赴浙江协办海防，积极筹划战备，帮助研制新式炮车、战船。后来，道光帝以广东战败归咎前任，林则徐被从重惩处。道光二十一年（公元1841年）六月二十八日，清政府下令，革除林则徐四品卿衔，遣戍新疆伊犁，效力赎罪。

无奈，林则徐忍辱受罪，被流放伊犁。当林则徐在古城西安与妻子离别赴伊犁时，他曾满腔忧愤地写诗一首，表达了自己的愤懑不平以及自己忠贞的爱国之心和报国之志，其中的名句更堪称他一生的写照。下面，我们就来一起看一下林则徐的这篇爱国主义诗作。

力微任重久神疲，再竭衰庸定不支。
苟利国家生死以，岂因祸福避趋之。
谪居正是君恩厚，养拙刚于戍卒宜。

戏与山妻谈故事，试吟断送老头皮。

全诗大意如下：“我能力低微而肩负重任，早已经感到筋疲力尽了，而且一再担当重任，以我衰老之躯，平庸之才，是定然不能支撑了。可是，如果对国家有利，我仍将不顾生死，岂能因为有祸就躲避，有福就上前迎受吗？而此时，我被流放伊犁，正是君恩高厚，因为我还是退隐不仕，当一名戍卒适宜。我开着玩笑，同妻子谈起《东坡志林》所记宋真宗召对杨朴和苏东坡赴诏狱的故事，说你不妨吟诵一下‘这回断送老头皮’那首诗来为我送行。”

在这首诗作中，我们看到了一位为国为民、义无反顾的爱国者形象。他不计较个人的名利得失，甘愿为国献身，这份伟大的胸襟和爱国热忱不得不令人心生敬佩。

首先，诗作的首联“力微任重久神疲，再竭衰庸定不支”以正话反说的形式委婉地表达了诗人遭到贬谪的愤懑和不平情绪。要知道，诗人林则徐是一位热切的爱国者，他一心想要报效国家，挽救国家民族危亡，实现振兴中华的目标。可是如今遭到贬谪，被发配伊犁，诗人的内心是极度苦闷的。可是，毕竟林则徐是一位忠君爱国的人，对于皇帝的命令，他也只能接受，而且，必须欣然接受，感谢皇恩浩荡。因此，诗人以自己的年老体迈为由表达自己的不平和不甘。

接着，诗人把这种不平和不甘的情绪化为了一腔热血。

"苟利国家生死以，岂因祸福避趋之。"在遭到贬谪流放之后，诗人内心的爱国之心和报国之志并没有丝毫减弱，反而更加的壮怀激烈。不管是受到什么样的待遇，无论是福是祸，只要有利于国家，诗人都将义无反顾，舍生忘死，忠于国家。显然，诗人林则徐有一种刚正不阿的高尚品质和忠诚无比的爱国情操。在国家民族大义面前，他能够放下所有的个人名利得失。可以说，这一联是全诗的思想精华之所在，有力地彰显了林则徐的爱国赤诚和报国壮志。也正是因为这样，此联成为百余年来广为传颂的名句。

而且，诗人在与家人告别之际写下此语，也是在表明自己的决心和态度，不会因为个人的祸福而趋前避后，此行伊犁必定会干出一番事业，希望家人不要为自己感到悲伤。无疑，从这样的字里行间中，我们不难发现林则徐的一颗赤诚爱国之心。忧国忧民、为国驱使正是林则徐伟岸一生的真实写照。同时，这两句也成为无数的爱国志士和有为官吏的座右铭，激励了一代又一代的人。

然后，诗人又紧接着再次表达了皇恩浩荡。"谪居正是君恩厚，养拙刚于戍卒宜"这两句在描写的意味上和首联有异曲同工之妙，在字词的表面含义之下，都隐隐表达了一份痛苦和失落。而这份痛苦和失落是和自己的爱国、报国之志所产生的巨大反差造成的。林则徐空有爱国之心和报国之志，但是却被流放贬谪到边远地区，这对于一个一心报国的忠臣良士来说无疑是一种痛苦，但也须得感恩。因此，诗人在这里逆来顺受，以平和的语句娓娓道来，表示“这样处理一个罪臣是再合适不过的了”。

这其中的意味恰如俄国著名文学家普希金笔下描写的那样：“让我去放猪，那也是您的恩典。”可见，诗人林则徐此时虽然遭受贬谪流放，但是仍然没有多余的牢骚，不敢有明显的愤懑。这也符合一个忠臣良士的行为准则。

最后，“戏与山妻谈故事，试吟断送老头皮”。诗人把不甘、不服的情绪进一步升级，含蓄地表达了希望自己以后安定稳固，不再入朝为官了。可事实上，这只是诗人林则徐一时的激愤。在伊犁期间，林则徐兴办水利，勘垦屯田，推广先进的生产技术。后来，还重新被启用为陕甘总督、陕西巡抚、云贵总督和钦差大臣等职，以至于在赴广西镇压拜上帝会途中，不幸病逝。

显然，诗人虽然有些许的牢骚和埋怨、愤懑和不满，但是在国家利益面前，他总能做出正确的选择，一心报效国家，不计个人荣辱得失。正如诗人在诗作中写的那样：“苟利国家生死以，岂因祸福趋避之。”所以，林则徐的爱国赤诚和报国之志是令人钦佩的，他的一生所取得的光荣的业绩，更是令其名垂青史。

己亥杂诗·浩荡离愁白日斜

龚自珍，是清代著名文学家。他少有大志，博学多才，对时局有一种特殊的敏感性，从青年时候起就深刻地意识到了封建国家的严重危机。因此，龚自珍十分关心现实政治社会的重大问题，入仕之后也不断地提出各种批评和建议，始终没有与庸俗的官僚同流合污。

但也正是因为龚自珍这种孤高的性情，他的仕途并不是很平顺。只是进行科举考试，龚自珍前前后后就参加了六次。究其原因，是因为主持殿试的大学士曹振镛是个有名的"多磕头、少说话"的三朝"不倒翁"，对于独树一帜的龚自珍并不满意。

因此，尽管龚自珍致力仕途，可是一直官居下僚，位卑职低。嘉庆二十五年（公元 1820 年），龚自珍开始进入仕途，为内阁中书，从七品。后来，道光十五年（公元 1835 年），迁宗人府主事，改为礼部主事祠祭司行走。两年后，又补主客司主事。

事实上，这类官职都很卑微，而且几乎是个闲职，因此龚自珍一直困厄下僚，自己的政治理想和报国之志也难以施展。终于，道光十九年（公元1839年），龚自珍辞官南归。然而需要指出的是，虽然龚自珍辞官南归，可是他的政治理想和报国之志并没有随手丢弃。

南归之后，龚自珍对政治现实的认识日益深刻，提出不少改革建议，写出许多著名的评论，许多著名诗篇和散文名篇也都写于这一时期。而且，在南归之时，龚自珍还特意作诗一首寄托自己的理想，表达自己的忧国之心、报国之志。

下面，我们就来一起看一下龚自珍的这首诗作。

浩荡离愁白日斜，吟鞭东指即天涯。
落红不是无情物，化作春泥更护花。

全诗大意如下："浩浩荡荡的离愁别绪向着日落西斜的远处延伸，离开北京，马鞭向东一挥，从此就是天涯海角了。如今我辞官回乡，犹如枝头上掉下来的落花，但它不是无情之物，还可以化成了春天的泥土，还能够培养下一代，报效国家，为国家尽自己的最后一份力量。"

从这首诗作中，我们能够明显地感受到诗人龚自珍为国为民，鞠躬尽瘁，死而后已的爱国之情和报国之志。诗人虽然已经辞官隐退，但是仍然有一颗炽热的爱国之心，能够发挥余热，尽心尽力地为国家做一些力所能及的事情。显然，诗人龚自珍是一位忧国忧民的饱含爱国主义思想的伟大诗人。

在诗作的前两句“浩荡离愁白日斜，吟鞭东指即天涯”，诗人简要概述了自己辞官的情景。道光十九年（公元 1839 年）龚自珍辞官南归，此时，对于龚自珍来说，辞官还乡时的心情是十分复杂的。首先，诗人此时辞官并非是出自本意，而是迫不得已的。事实上，龚自珍一直希望仕途闻达，能够报效国家，实现理想，可是现实情况却是“困厄下僚”、仕途坎坷，在科举会试时参加了六次才得中进士。而且，进入仕途后，一直郁郁不得志。

在这样的政治环境下，龚自珍终于被迫辞官南归。也正是因为这样，诗人的心中充满离愁别绪。毕竟自己寓居京城多年，故友如云，自己在仕途上的理想和目标还没有实现。可是，如今自己垂垂老矣，无可奈何。但是，此时，诗人龚自珍的内心对于辞官也有一种达观的认识。辞官之后，龚自珍就可以逃出这个令人压抑的樊笼，就可以从容自在地做一些自己喜欢做的事情。所以，诗人写道“吟鞭东指即天涯”。可见，诗人已经放开胸怀，决定天涯海角，回到外面的世界再成就一番事业。

而且，此时诗人龚自珍的内心更加澎湃。此时辞官离别，不知什么时候才能重返京都，不知道还有没有机会步入仕途。可是不管怎样，诗人此时此刻又拥有了一份坦荡和从容，拥有了一种开阔的胸怀和自由呼吸的空间。所以，在这里，诗人鲜明而形象地表达了自己的报国、护国之志。

“落红不是无情物，化作春泥更护花。”虽然花已经从枝头上落下了，但是花儿也并非是无情之物，它落下来之后还仍然能够化为春泥，为培育新的美丽的花儿尽自己的一份力。显然，诗人此时也具有同样的情感，他虽然已经辞官，但是作为这个国家的一分子，他仍然怀有一种关心国家命运、忧心国事的情怀，他始终不忘自己的报国之志。因此，不管在仕途上遭遇什么样的坎坷，龚自珍都有一腔报效祖国的热血，无论处在什么样的位置，都希望能够散发自己的光和热。

可见，诗人龚自珍到了辞官归乡的时刻，仍旧不畏挫折，不甘沉沦，始终坚持要为国家效力。这份坚强的性格和甘愿献身的精神，不得不令人肃然起敬。当然，诗人龚自珍在诗作中这样说，在现实中也是这样做的。龚自珍辞官之后，应好友的邀请来到镇江丹阳云阳书院。在这里，他呕心沥血、倾心倾力地培育后生，直至病逝。可以说，他用自己的行动践行了他在《己亥杂诗》中的诺言。

总之，诗人龚自珍一心系着国家，不管是遭遇什么样的坎坷，受到什么样的不公平的待遇，他都能够做到一如既往地热爱自己的国家，即使是辞官之后，仍然忧心国家的前途和命运，不忘报国之志。这份忠贞和坚持实为所有有志之士的楷模。而“零落成泥碾作尘，只有香如故”正适于用来形容诗人龚自珍的这份爱国情、报国心。

己亥杂诗·九州生气恃风雷

道光十九年（公元 1839 年），龚自珍因不满官场的所作所为被迫辞官南归。而在南归之前，龚自珍北上迎接妻儿。在这南北往来的途中，龚自珍更是广泛地感受到了清政府官员的麻木、争斗，清朝朝廷对人的束缚和禁锢。或许也正是这样，才使得清政府日渐衰败，有志之士才难以施展抱负和理想。

想到这里，诗人龚自珍对国家的前途和命运表示深深的担忧，于是随手写诗一首，以表达自己的忧虑、憧憬和希望。

下面，我们就来一起看一下龚自珍的这首饱含着理想和憧憬的爱国主义诗作。

九州生气恃风雷，万马齐喑究可哀。
我劝天公重抖擞，不拘一格降人才。

全诗大意如下："中国大地只有依靠疾风迅雷般的社会变革才能发出勃勃生机，然而朝野臣民却缄口不言、沉默不语，这终究是一种悲哀。我奉劝皇上能够重新振作精神，不要拘守一定的规格选取更多的人才。”

在这首诗作中，我们不难发现，诗人龚自珍忧心国事、寄托理想的爱国情怀和报国之志。尤其需要指出的是，此时龚自珍已经辞官归乡，可见，此时此刻，他仍旧忧心国事，关心现实政治社会的重大问题，他始终没有和那些庸俗贪利的官僚同流合污。

首先，在诗作的前两句“九州生气恃风雷，万马齐喑究可哀”，诗人直截了当地指出了当今朝堂万马齐喑、朝臣噤声的死气沉沉的现实情况。而实际上，这一切都因为腐朽的官僚统治。在官场之上，思想不能自由，人才常常因为位卑职低而被扼杀或埋没，在整个主流官场充斥的全是昏沉、愚昧、腐朽，钩心斗角，互相倾轧。

显然，这是一个令人窒息的环境，是一个很难得到良好发展的环境。在这里，社会会停滞不前，政权会逐渐土崩瓦解，走向末路。因此，要想神州大地重新焕发生机，使得政权稳固，人才得以凸显，就一定要依靠风雷激荡般的巨大力量，实施大刀阔斧、波澜壮阔的变革。只有这样才能扫除阴霾，换来清朝的勃勃生机。

实际上，龚自珍所处的时代正是清政府腐败衰落的时期，阶级矛盾和民族矛盾日益尖锐。在这里，诗人用象征的手法描写了这种状况以及解决的大致方针。在大自然中，万物要保持生气勃勃的状态就要有风雷的激荡，如果是在死气沉沉的空气中那么一切都会窒息。同样，清政府统治下的神州大地要重现勃勃的生机，也必须要进行风雷激荡般的重大变革。

接着，“我劝天公重抖擞，不拘一格降人才”。在这里，诗人大声疾呼，希望能够得到清朝统治者足够的重视和关注，希望皇帝今后能够振奋精神，重整朝纲，整肃朝堂，不拘一格地选用人才，敢于打破陈规，让有志之士得以一展抱负，让爱国青年充分地发挥自己的才干，让他们为国家的发展出谋划策，一扫九州的沉闷，从而保证国家的长治久安。其中，“天公”在诗作中原指主宰宇宙的玉皇大帝，这里是指清朝的统治者。

显然，这两句诗作中，寄托了诗人极大的热情和希望，表达出了诗人急切渴望社会变革的心理。诗人热切地希望当朝统治者能够奋发有为。事实上，龚自珍自己就是因为清政府腐朽守旧、压制人才的选拔制度而被埋没，以至于最后辞官还乡的。因此，诗人对于改革人才选拔制度有迫切的要求。这从一个侧面也反映出了诗人龚自珍虽然已经退出官场，但是仍然有心于仕途，希望能够重新得到重用，实现报效国家的理想。

可见，诗人龚自珍的心中充满了关注社会政治的热情，他始终忧心国事，关心国家的前途和命运。这首诗作，我们细细读来，气势雄壮，充满理想，催人奋进，满腔的爱国热情跃然纸上，诗人忧国忧民、关心国事的爱国情怀呼之欲出。尤其是最后两句“我劝天公重抖擞，不拘一格降人才”更是成为流传千古的警世之言，饱含了有志之士的憧憬和理想。

赠梁任父同年

众所周知，晚清时期，整个中华民族都处在危机深重的阶段，西方列强虎视眈眈，清政府内部腐败堕落，国家的前途和命运一片迷茫。但是，也正是在这种国家危难、民族危机深重的时代背景下，不少的爱国志士和有为青年积极奔走，寻求救国、兴国之路。

其中，黄遵宪作为晚清著名的外交家和政治家，对于国家形势有着更为清楚的认识，对于国家的前途和命运怀有极大的忧患意识。因此，黄遵宪一直积极地寻求救国之道。比如，光绪二十一年（公元 1895 年），黄遵宪参加强学会成为维新运动中的积极分子。光绪二十二年（公元 1896 年），黄遵宪邀请爱国志士梁启超到上海创办《时务报》，鼓吹变法。

实际上，自从鸦片战争开始，腐败无能的清政府就在列强的侵略下一味地割地赔款，委曲求全。尤其是甲午中日战争之后，清政府与日本帝国主义签订了丧权辱国的《马关条约》。在条约中，清廷割让台湾，赔偿日本2.3亿两白银。

因此，这一条约的签订给中华民族带来了深重的灾难和负担。更为严重的是，《马关条约》的签订掀起了列强瓜分中国的狂潮，使中华民族陷入了空前严重的危机之中。而面对如此的国家局势，面对贵如黄金般的国土一步步被瓜分殆尽，黄遵宪充满了无限的忧虑和担心。于是，黄遵宪在邀请梁启超来上海办报的同时怀着悲愤无比的心情赋诗一首，表达了自己为国献身、变法图强的坚强决心和对梁启超的热切希望。

下面，我们就来一起看一下诗人黄遵宪的这首爱国忧国之作。

寸寸山河寸寸金，侉离分裂力谁任。
杜鹃再拜忧天泪，精卫无穷填海心。

全诗大意如下："祖国的大好山河寸土寸金，可是如今被列强瓜分，这由谁来负责呢？我便如杜鹃一样呼唤着祖国东山再起，像精卫填海一样奋斗不息。"

在这首诗作中，我们不难发现，诗人有一种为国献身、变法图存的坚强决心。当然在诗作的字里行间也流露出了黄遵宪对梁启超的热切希望。

首先，在诗作的第一句"寸寸山河寸寸金"，诗人以饱含深情的笔触，赞美了祖国的大好河山，以寸土寸金的修饰蕴含了诗人对祖国山河的珍视和热爱。然而，就是这样的一片大好河山，在西方列强的侵略下，惨遭瓜分，四分五裂。眼看此种情景，诗人不禁仰天长问：值此国家危难之际，谁能够担当起挽救国家于危难中的重任呢?

接着，“侉离分裂力谁任”，诗人的这一句呐喊可谓是声嘶力竭，饱含着浓烈的爱国之情，对国家的前途和命运更是充满了担心和忧虑。这时，中华大地山河破碎，西方列强掀起了瓜分中国的浪潮，整个中国都处在风雨飘摇的危难处境中。因此，在这样的处境下，急需要一位英雄腾空出世，力挽狂澜。可立足于现实，谁能够担起重任呢，诗人对此深表忧虑。可见，诗人一直心系国家，一直关心着国家的前途和命运，在他的心中有着一股强烈的爱国激情和对国家的赤子之心。

也正是在这样的背景和情感状态下，诗人表达了自己的渴求和努力。“杜鹃再拜忧天泪”，在这里，诗人自比为国哀鸣的杜鹃鸟，表达了深切的忧国之情，而且他极力地呼唤有志之士、爱国青年能够伸出手来，共同挽救时局，为国出力。显然，诗人对于国家有一颗拳拳之心。

其中，诗人在这一句中借用了杜鹃鸟悲鸣的传说。据说，杜鹃乃是古代蜀国的国王望帝所化。望帝由于感念一个叫鳖令的治水能人帮他消除了水患，所以把帝位禅让给了他，可是他后来变得越发地腐化堕落，于是望帝便和民众一起劝说鳖令，而他以为望帝要夺回皇位，于是紧闭城门，避而不见。望帝没有办法，但也不能就此作罢，他誓死也要劝说鳖令，最后他的灵魂化成一只杜鹃进入了城里，对着鳖令苦苦哀叫道“民为贵，民为贵”，直到啼出血来死去为止。鳖令对此深受感动，于是就变成了一个爱民如子的好皇帝。

可见，杜鹃鸟是一种忧国爱国的象征物，传递着浓浓的爱国之情和忧国之心。显然，诗人此时也正如这杜鹃鸟一样，对国家当前的时局忧心如焚，对后来者寄予厚望。

最后一句“精卫无穷填海心”，诗人以精卫填海的典故来表达自己对国家的忠贞和矢志不渝的守护之心，同时也借此来勉励梁启超等爱国青年能够像精卫那样，值此国家危难之际，坚定为国家民族危亡鞠躬尽瘁、死而后已的巨大决心。

其中，精卫是我国古代神话传说中的神鸟，原是炎帝的女儿，可是因为一次游东海而淹死在了那里，死后她的灵魂便化为了精卫鸟，不停地衔来西山的木石，日夜不辍誓要把东海填平。后来，人们便以“精卫填海”来象征虽然力量薄弱但是仍会坚持不辍、誓达目标的坚定决心。

显然，诗人这里用“精卫填海”的典故，可谓是意味深长，用心良苦，也使得诗人的爱国之情和忧国之心得到了淋漓尽致的展现，给所有的爱国青年和有志之士以极大的鼓舞和激励，使得一代又一代的爱国志士热血沸腾。无疑，这是一首饱含爱国之情的伟大诗作。

狱中题壁

谭嗣同生活在国家民族危机深重的清末时期，他少怀大志，一心兴国。甲午战争后，他对帝国主义的侵略更是义愤填膺，于是发奋救国，积极地从事变法维新的活动，是著名的“戊戌六君子”之一。也正是因为这份报国之心，他的诗作往往风格豪迈，情辞激越，富于强烈的爱国情怀和积极精神。

后来，清光绪二十四年（公元 1898 年）六月十一日，在康有为、梁启超、谭嗣同等爱国志士的倡导和建议下，光绪皇帝颁布“明定国是”诏书，宣布变法，新政从此开始。他们倡导学习西方，提倡科学文化，改革政治，在中华大地上掀起了一场思想启蒙运动。

但是，好景不长，同年 9 月 21 日，慈禧太后就悍然发动政变，囚禁光绪皇帝，再次临朝并开始大肆搜捕和屠杀维新派人物。对此剧变，康有为经上海逃亡香港，梁启超经天津逃亡日本，而伟大的爱国诗人谭嗣同却拒绝出走，他选择了另外一条路，那就是以身殉国，要用自己的鲜血唤醒国人。

就这样，同年秋，谭嗣同被捕。被捕入狱之后，谭嗣同慷慨从容，在狱中的墙壁上写了一首绝笔之作，表达了作者对变法维新的决心和拯救国家、拯救苍生的美好愿望。

下面，我们就来一起看一下谭嗣同的这首慷慨壮烈的诗作。

望门投止思张俭，忍死须臾待杜根。

我自横刀向天笑，去留肝胆两昆仑。

全诗大意如下："望门投宿别忘了东汉时的张俭，忍死求生的时候希望你们能够像东汉时的杜根那样，坚持斗争。此刻，即使是屠刀架在脖子上，我也要仰天大笑，不管是出逃或是留下来的同志们，都光明磊落，肝胆相照，是像昆仑山一样的英雄好汉。"

从这首诗作中，我们看到了革命志士谭嗣同为了革命理想甘愿献身的大无畏精神，以及他为了振兴国家、唤醒民众变法革新的坚定决心。

首先在诗作的前两句"望门投止思张俭，忍死须臾待杜根"，诗人谭嗣同借用历史事迹来表达自己的主张，体现自己的态度和立场。实际上，变法失败后，在顽固派的大肆搜捕下，有些变法人士匆忙地避难出走，有些变法人士选择留下来，继续抗争。但是不管怎样，他们都是通过这些方式，忍辱求生，以等待时机，实行反击。这些都是变法革新的志士。

第一句"望门投止思张俭"中的张俭是东汉末年人，据载他因为弹劾宦官被诬陷结党营私，被迫逃亡避害。而人们敬仰其为人，都冒着危险接待他。诗人在这里以张俭借指康有为等逃亡的维新派人士，希望他们会像张俭那样得到人们的保护。

第二句“忍死须臾待杜根”中的杜根也是东汉末年人，据载他上书要求专权的邓太后还政于皇帝，邓太后大怒，命人将他装入口袋，在大殿上摔死。而行刑者敬其所为，在实施刑罚的时候并没怎么用力，所以杜根并没有真正死去。后来，邓太后命人查看，于是他就装死三天。他脱险后，就隐身酒店当酒保。不久，邓太后伏诛，杜根才重新步入仕途，复职侍御史。这里是借杜根来勉幸存的维新派人士暂避一时，以等待东山再起。

诗人在这里对这些忍辱求生的变法志士都寄予伟大的希望。但是，对自己而言，这些都不是自己要走的路。在诗人谭嗣同看来，维新变法之所以会失败，很大程度上是因为变法力量脆弱，没有广泛的力量支持。所以，此时谭嗣同断然拒绝了变法同袍请他逃走的劝告，他决心以死殉国，用自己的生命和鲜血唤醒和警示国人。对此，他曾说道：“各国变法，无不从流血而成，今中国未闻有因变法而流血者，此国之所以不昌也。有之，请自嗣同始。”

可见，诗人为了变法，为了新政，为了拯救黎民苍生，挽救国家民族危亡，能够慷慨赴死，能够义无反顾地为变法流血牺牲。而这需要一份极大的勇气和对祖国的一片赤诚之心。如果没有对国家绝对的忠诚，对变法绝对的信念，是很难做到在这一点的。

“我自横刀向天笑，去留肝胆两昆仑。”诗人在诗作的最后仰天长啸，大声疾呼，宁愿为变法抛头颅洒热血，这充分显示了一位变法志士英勇就义之前的慷慨豪迈，颇具“人生自古谁无死，留取丹心照汗青”的意味。

而且此时诗人谭嗣同也有一种极大的失落感在心中。诗人谭嗣同对于变法维新充满希望，可是短短百天就宣告失败，这种失落感和落差感是诗人难以接受的。正如谭嗣同在就义前的遗言那样，“有心杀贼，无力回天”。

不过，从整体上来看，诗人在最后这两句中寄托了伟大的理想和美好的憧憬。在这样的生死关头，谭嗣同命悬一线，可是此时诗人的心中并没有任何的畏惧和胆怯，诗人面对死亡无所畏惧。因为，他认为自己的死将是国家昌隆的开始，也正因如此，诗人坦然长笑，无愧于心，希望自己的肝胆之气能够激励更多的后来人前赴后继，完成最终的理想。

显然，在这里，我们深刻地感受到了诗人视死如归、浩气凛然的慷慨悲壮。正是这种植根于诗人内心深处强烈的使命感和责任感，才激励着诗人不畏一死，从容就义。所以，在诗作中，诗人对于理想的执着、对于国家兴旺的热切希望、对于后来人投身变法报效国家的渴求得到了淋漓尽致的展现，不得不令我们肃然起敬。